낯선 발자국 사냥하다

차 영 한 제18시집

낯선
발자국
사냥하다

인문엠앤비

시인의 말

햇살 솎아 먹고 살수록 어림짐작

미적대는 낯선 발자국소리

자정까지도 보고 듣는 자의 몫이
잠들지 못하도록 그렐린 호르몬 분비 같은

흔들어 일으켜 세우는 호기심

하늘 잊지 않기 위해 끝없이 바닷속으로

내리는 눈발처럼 타임랩스Time Lapse

이때 자리바꿈하는 그린 플래닛 바로

꺼낸 원초성을 프로그래밍하는 에디터

빛과 그림자가 사냥해온 우연 일치

침묵의 신비성의 판타지[여기서는 Phantasy]

주로 헤테로 콜라주로 선불 맞혀 꺼낸

토속어들을 해체하여 재구성한,

한 단에 스무 개씩 다섯 단 묶음으로

장날 구석에 열여덟 번째 내어놓는

녹색 머리털이 가꾼 알타리 무

나의 에테르aether다.

2024년 4월 11일
통영시 봉수1길9 한빛문학관 1층 집필실에서
차영한 車映翰

차례

제1부

그림자 무게

저 건널목의 결핍 속, 속속들이 소갈머리

속앓이에 구멍 난 트라우마

동일시 바깥 석비레[*]에 불끈거리는

남근으로 당근 뽑기처럼 낯설기하네

어쩌면 추레한 두개골이 술잔 비우는 오후

열 번 이상 변신한 허물 벗기

알아채지 못하도록 내 얼 안 풍경

해맑게 손질하는 공중 고추잠자리처럼

이 에움길 순환하는 내일 가늠 길도

낫싱 모든 것마저 눈짓으로 여는

지피는 불덩이로 굽는 막사발 비움새

저 바라지* 오로지 공중그림자 뜬구름

도대체 모른다니?

질박한 땀방울 무게 있다는 거 잊어도

호미 끝날로 달수 짚어온 대물림 핏줄을 –

산안개 밭 감자 나비는 어떤 질문도

꺼내기 두려운 그림자 냄새마저

연극성 인격 장애인에게는

연극성 인격 장애인에게는

낙마한 대갈마치*로부터 처음임을

알게 된 방황 돌이킬 수 없는

금방 기억 고뇌도 잊어버린 시프디 시픈

독충처럼 햇살에도 굼슬겁다 그 가시

구멍만 파놓고 그 속에 가만가만

있다, 으르렁대는 야수와는 다른

보호색도 띠지 않은 채 가즈럽고 퍼벌한*

오던 길마저 둘러대는 구석바지 소리

느린목*은 끊어지고 지우는 눈살

때론 하마 하품 같은 욕구불만

햇살 리듬 타고 가오리연 띄우기

14

경계점처럼 이불 쌓고 그 위에 덮는 보자기

대처네[*] 정당성의 죽데기[*]를 맡기고 있어

얼레 줄에 궁금해하는 저항선[bar]

저 동굴 소리 질러대는 괴성

폭포수처럼 순수성을 털어내는 가성假聲

걸쭉하게 확장되는 마타도어matador

절단될수록 모때기로 나는 비둘기 소리

낚아채 보는 참수리 발톱 속내는

아직 물어보지 못했다, 타는 목구멍 알까?

타는 목구멍 알까?

기다려야 하는 날은
기다리지 않아도 오게 되네

그리스 에올스가 빚는 햇살 리듬

아폴론 산을 보는 때 흐르는 물

연기설로 흐를 때는 본성끼리 만날까!

하늘이 웃네, 바심*에 기약하는 날엔

그래도 굽이쳐 방황하는
전혀 다른 크레스트Crest 그곳에서야
볼 수 있네, 생경한 바람다지라도

그 높이에서 비상하는 새들의 날개
부석사 무량수전 흘림기둥에서
황금 화살로 만나는 생각조차

그대 검은 혓바닥에 남은 마구리* 오류

끈질기게 소용돌이치는 등나무처럼
겉 포장에 써 놓은 불안한 설명서

그걸 꺼내는 순간 헤어진 너를 알기에
빗줄기에 지워져도 미레질*에 남아 있어

그거네, 도리* 보듬고 싶었던
내뿜는 한숨 하얀 천에 핏발서는 순간

시퍼런 대패질 내려놓는 것도 잘 아네

별들의 망각곡선에다 불 질러도 서로
제자리 찾는 모걷기* 물바람 소리

그대 맨발에 쓴 부혜생아父兮生我*

그러나 자적*마저 '학을 뗐다'

남은 것마저 목탁 소리

목탁 소리

속살이라도 지지면

더 가벼움에 짓눌러 질까부냐

코끝은 더 시원해 질까부냐

눈뜬 목어木魚 속을 비워내는

새벽 종소리 타이르는 산울림

제 몸 씻고 헹궈내는 연꽃무늬에

원음圓音 굴리는 이슬방울들끼리

꽃 이파리 껴안는 소리 되받아 내네라

황금 잉어 꼬리지느러미로 물안개 그늘 걷어내는

연못 저 달그림자의 반환점 저, 저 무량無量

굽이 휘돌아본들 자꾸 숨결 모아 다듬는 소리

날마다 제 몸 헹궈내는 금강경 5천1백4십9자로

비원 비감도 일념으로 삭히네라

우주 배꼽 두드리는 둥근 소리

성불하는 해탈 그대 소리는 과연 오늘일까!

성불하는 해탈

보내놓고 깨닫는 여기

보여 산나는 나무 목에 기다리는

물소리들만 웃어대네

아름답게 웃고 울던 날들

그 많은 핫! 핫한 소리

어디쯤에 그레발*로 남겨됐을까!

닿는 곳마다 꽃피울까?

청람 빛 소리 설재목* 짚어보지만

저 수평선 위로 내리는 마름질*

수만 리 이집트 룩소르 신전의 적막

거기에도 뜨는 일곱별 사이로 흐르는

나일강 물보라가 둔갑한 연꽃 대리석

사하라사막 낙타 눈물방울만큼이나

놓을재목*마저 가심질* 할 때

이런 날들이 두 눈 가리지만

혹여 기별하는 땀질* 발자국 감돌듯

닦은 둥굴이* 연꽃마루 찾아 새카만 썰매 끄는

시베리아 허스키들이 달려오는

그러한 민흘림*뿐일까? 인기척 없이

나뭇가지 햇살이 말하는 것도

오늘은 베란다에서

나뭇가지 햇살이 말하는 것도

나무 부둥켜안는 비스듬한 햇살이
시금치밭 지나 진보라 무화과 젖꼭지 빤다

엄마 얼굴 익히려고 옹알대는 어린양
둥지 미소 치뜬 채 빤히 쳐다보는
그 길로 오르내리는 한여름 소리

쏟아내고 있어 내 어린 날의 새소리마저
무화과 맺는 숲 건너 논 마지기 즈거 호락질*

홀기*는 물소리가 병풍산 골바람 달래
오죽해서 주걱새* 불러 저녁매미 맘 아느냐고

엉뚱하게 기다림 묻지만 못 알아듣는 호박개*
쌀개* 보고 웃고 있잖아, 덩달아서

눈감아 베풀고 있는 나뭇가지들
느리*없는 토록*들 입질에 놀면서도-

그래서라

그래서라

삶의 무게는 배꼽에 있네

빈 의자에 앉혀 봐도

땅의 무게를 믿는 하늘이기에

갖다 나르는 생각

땅에 내려놓는 동안 내 중심 아는 밤하늘

바로 그 도래질에 푸른 별 하나 반짝이네

저녁상머리 심장에 남은 숨결

동향 북향에 있는 듯 없어 그 궁금증도

미리 숨겨온 어둠에 귀만 대고 걷네

길 밝혀 주는 덜 찬 물알 눈빛처럼

자동 파란 창문 그 너머에서 나를 찾는

꽃다지 그거는 꽃잠 때문만이 아니네

그래도 배기는 거 아니야, 웃기네

자네 허튼 화살 날려 보내도

낮꽃이 꽃무덤 두고 나비 날개가 한 말

꽃자리만 좁다고 하더니만

꽃자리만 좁다고 하더니만

얼굴 내밀며 얼버무리고 있네

또, 또, 똑똑 떨어지는 물방울

웃음 속의 심각한 노스탤쟈 송곳 구멍들

뚫어대는 음흉한 소리 너머 번 아웃

밤바다의 유곽을 만나면 떠오르는 익사체

눈알 굴리고 있어 헝클어 놓는 흥분들

입안에 도는 팩션faction마저 구시렁거려도

공감하지 않는 물소리

투망하기 위해 카바잇 불빛으로 치솟다

카롱 콤플렉스도 떠오르지 않는데

별빛으로 날아오르는 멸치 떼 빛살

뒤집혀진 배 위로 꽃무덤 소용돌이

꽃송어리에 헤어나다 찢어진 눈빛들

첫 물에 지워지지 않네, 그 속의 꽃나이

물 위에다 문신 새기는 화라지* 등걸도

소리 없는 산기슭 안개

산기슭 안개

소리 반쯤만 들리게 하프…하프 푸~아

장중한 하프에 첼로 켜는 물바람 소리

지금쯤 함양 산청 물레방아 등물 치는 시간

어서 업혀라~ 매미 소리가 빗질하는 백발소리

어이 아까부터 그 어름* 소리 아니냐

시원해지는 귓바퀴 잊어버렸던 부연 풍경소리

댓잎끼리 켜는 가야금도 저렇게 목 터져 잠기네
헝클어지는 그길로 가는 꺼벙이꺼정 줄레줄레

두루바리* 바람이 우울한 거미줄 걷어내듯 말듯
사립문 금禁 줄 위에 발원하는 버마재미*

사냥하려 깃털 만사위*보고 놓친 흰부엉이 셈

흰부엉이 셈

너는 네 계산이 맞다!
나는 내 계산이 맞다!
너는 손가락 꼽아 본 합계
나는 나의 암산으로 보탠 합계

맞다. 맞지만 헛물켠 물장수가 셈하면
그것은 뺄 것만 빼니까 더해도
서로 틀린다 한씨 물 때[時]
물자배기* 되받아 얹어줘야 맞다!

맞다! 가랑비에 젖은 반 낮이라도
땀방울 보태줘야 맞다! 맞아, 제값이야

앞을 내다보면 틀린 것이
맞는 수가 있어 그럴 때는
네 말도 맞다 뭐라고? 뭐라는 말
내가 더 기워가면서 생각하면 몰라도

번시*야, 알 듯 모르겠어?
실소失笑한 도깨비 소리

도깨비 소리

상관없는 추론 맞바람의 이면 말

긴장성 부동화된 오류는 제일 먼저 진술 기피

결부된 농락 먼저 감지하는 가운데 선 판단

우발적일 수 없다, 능력을 수학적으로 풀 수 없어

합리적인 명제 제시하지만 될 수 없다 테제는-

바닷게가 갖는 간자間者의 본능

원초성을 걸러 낼 수 있을까 사이코패스들

거의 무의미하도록 동어반복 버전

해결할 수 없는 수학을, 일반 재귀함수로
숨겨놓는 해답의 불안한 의식 이용하는 언어

이집트 기행에서도 오류 반복하는 기회

아니다, 그의 불확실성을 노리고 있다

점심시간 틈타서 모여드는 크라우드crowd

비 그친 광장 낮은 층위의 규칙에 얽혀
곡선曲線적인 라벨만 붙여 놓았다

환원주의적인 그들의 고려

가설하는 말투 그것이 문제

그 과정에서 뒤섞여 버렸다
신경망에 걸린 계산기는
부정적이었다, 뇌의 시뮬레이션에도

그러나 자신의 딜레마를 안 바닷게
밀물 썰물 풀어낸다, 프로그래밍 그건

케미 아니지 공간의 변경이 가능할까?

모듈module이었을까!

진행형 지능이 어디까지나
통사론의 금가락지 질서일 수도 없어

가정법으로 접근하는 메타
기호가 갖는 역린逆鱗, 자기 수정의 전환

천지개벽하는 이데올로기의 카오스

인식도 아니라면 체계 벗어나는 이상한 고리

힘보다 3층 뇌가 노르망디 암호를 풀어낸
영국의 천재 반응형, 동성애자 앨런 튜링

만나야겠소, 라 그랑주 L2 위치 찾기 위해

제임스 웹 망원경 작동하는 거리

390만 광년을 비행해서라도
바닷게 본성의 발광을 만나본다면

만나 본다면

혼자 있을 때는 잘라냈다
잇대보는 필름

찡그린 눈동자 한가운데 쌀쌀한 날들

섬섬 섬 둘레를 기어 다니고 있어

유목민이 버린 텐트를 치고 있어

이젠 동공 가에다 날파리 떼가
물 때[時] 바뀌는 시간을 앞세워 뒤섞고 있어

꽃봉오리 터트리고 있는 길 안개

꼰대 자존심마저 잘라냈는데도
분쇄기 칼날 지나 휘, 휘젓고 있어

'칼바도스' 포도주를 불태우고 있어

음침한 순대 튀김집에서
현으로 시작되는 흥분 덩어리

펼쳐지는 건너편 물결이
휑하니 '띠밭 등' 편백 숲으로 나서

흔들리는 초롱불 매달고 있어

플랫폼에서 끊어 주고 있어 안부 티켓

어딨느냐? 손에 쥘 수는 없을까?

돌연, 월月월月산山 산山커든 이라니?

다음은 뭐라 캣건노? 그냥 있었겠나-

웃어대는 그림자 따라 또 나서는 외길도

또 나서는 외길

나를 이끌어온 고뇌마저

추달推撻해 보았소?

골로 가지 않는 여기까지 왔나니

여보세요, 아직도 뭘 꾸물대고 있소

저 빈정댐을 귀담아듣지 말고

웃어넘겨야 하오

두 손 모아 우둔함도 타이르면서

보이지 않는 하늘 향해 머리 숙여

지심귀명례, 인스타그램에 넘치나니

콧노래여 휘파람새야

저것들 날라리 그래 판소리 신명 난

궂은 날에도 숫되다 해도 나는 파랑새

갈대밭 강둑길 위로 더늠이[*] 넣어

포르르 날아서 당골래 만나나니

보이는가, 내 발걸음 저 해작질

꽃눈깨비 그 자리 팔팔결[*]로는 안되나니

팔팔결로는 안 되나니

떨켜도 모르는 가 가리사니 하네

무렁이에 빌쭘한 데도 각단이 나서네

초련에 뭇갈림이라고 어찌

허튼 모심는 두 손 매무리에 헤살 짓

뭔지 실마리 알아야, 허허 모른다고?

너무 구김에 겹치면 뻐드렁 들은 어쩔거나

아직 맹문 영문 말씨 졸가리는커녕

시치미만 떼어내 가름끈에 끼우면

남는 거 갈피끈이나 책갈피에서 만나니

벌써 누가 옙들이* 하네

내미손 꽃다지 눈 속이니

오 그렇구나 북두갈고리에도 모개 흥정

모눈 속이는 오금 진 다랑논 호리

보람줄 무슨 푸접 바라겠느냐

어렝이*에 채롱 마작*은 어쩌지

팔팔결에 가리산지리산

박달나무 자루 섬* 샛강

뒤져대는 수달도 그러겠네

그러겠네

그 기록이 남아 있는 한
흔들릴 수밖에 없네.

하늘소 뿔 세워도 멈추지 못한
등 넘어 죽지 않는 바람 이미지
정지시킬 수는 없는 트리거trigger

실망으로 불붙어 타오르는 한
현기증이 소용돌이쳐도 냉정하게 토라지는
펜트하우스 삐걱대는 구멍 아래

맥주잔을 넘쳐 쏟아지는 폭포

그 폭포 계단은 하얀 튤립 꽃이 피네

오를 수는 없어 차라리 저녁 바다를
흔들 다리에서 만나 바람 방향 묻겠네.

바람 방향 묻겠네

뜨는 달 보고 떠오르는 생각이 뭐겠니!

낯붉혀진다고 내 속 건너뛰다 웃어 댈 때

자기 생각에 속았다는 꽃뱀

스무 사흘 달 보고 혓바닥 추스르는 속셈

하지만, 목적지에서 기다리고 있는 긴 시간

다행이네, 종착역은 보이지 않아

아직 진한 립스틱 바르는 섬 동백꽃 입술

누굴 봤더라메! 실바람에 섣불리 나서지 마

설칠라, 동박새 울음이 집적이는 조금잠*

설 깰라 회광전廻光殿에서도

회광전에서도

꽃이 되고 싶었을까? 왜 단풍은
아미타불 님 약속만은 지키지 않으면서

어림짐작에 피는 꽃과는 멀기를
저승 골목에 가서도 귀에만 거슬리는지
속삭임이라도 알까 부냐 노을처럼

달막, 달막거려도 그 사이로 뱅뱅
돌기만 하지 말라고 일러 당부에 당부

그것 봐 엉거주춤하는 동안 내가 만나는
너 치마자리 잡을 때 언제나 춤추는 그림자

회광廻光, 무량광無量光 앞에서도
돌아와 웃는 그 빛깔 아무도 몰라라

내어주고도 살아있는 옹두리*처럼
불퉁한 입술, 혹시 포모증후군*?

포모증후군

속초행 KTX가 지날 적에
쌓인 눈의 무게 깊이를

아무 이유 없이 내달리는 것과는 다른
화려한 죽음을 목 놓아
울부짖는 만큼 찢어지지 않으려는

나의 홧홧한 웃음들 데불고 와
그 터널 어둠을 찢으려는 순간 막말로

한 마리 염소 따라 줄줄이 뛰어내린
산중 벼랑 후유증

내 걸음 방향이 아닌 막다른 조갑증을

혼돈하는 물바람 그 골짜기 물러설 때
보름달 그림자가 어떤 착각으로 절름거리는

사로잡힌 얼떨결에 너무 앞선
봉*도 아닌 주제에 말짝 황*인데도

말짝 황인데도

내 몸의 협곡에 갑자기 내리는 일몰
미묘하게 산골 안개 에워싸자 흐르는 강

거기에는 극한마저 막막하게 지워져 있는

어느 날 놓쳐 버린 모 병원의 방사선 기록에도
있을 법한 기억 모롱이를 한참 걷다
함박눈 쓰레기장 앞에 정신 팔림[distraction]
시베리아 강둑에 핀 패랭이꽃 계절쯤에도

정확히 38만km 아닐 수도 있는 달과 지구 사이

수국꽃에게 물을 수도 없어 3만 2천 년 전전
그곳 얼음층 환상 그래픽 파일 눈물 꽃

하얀 바위 되지 못한 마그마 응어리들
미완된 효과인 자이가르닉* 긴장

검붉은 노을 탐한 어떤 팬텀*에 황칠 한 것들

닦아 봐도 보이지 않지만 움직이는 거울

움직이는 거울

그대 볼수록 더 잘 보이는 하늘호수
내 눈동자에서 빛나고 있는 별들

언제나 자신만만한 빛내림

화엄경을 움직이는 제임스 웹 망원경*

150만㎞ 라 그랑주 L2를 향한 안착

무진장 연꽃무늬 밟고 오는 우주 발소리

아이러니한 자동문 여닫이 소리

유리창 밖 무화과 젖꼭지 만지는 꽃말들
파충류들이 해작 친 안개 꽃길 서운한

그대 바람 거울은 어디에…
움직이는 빛의 뒷면은 어쩌지?

제2부

그 골짜기의 여름

산으로 오르는 봄은 두릅 순에 들켜도
정때* 능선에 핀 웃음으로 길 내는 소리

너덜 틈새 더덕 냄새 캐는 그 사이
꽃등 앞세워 눈망울 찾는 또 그 갈래
길섶 가파른 바위 굴리는 청설모

내 몰아쉬는 숨소리에 치켜든 꼬리
핥으며 나는 모양새 가당찮다
눈여겨봐도 날짐승 그림자 눈알이네

흔들려도 건너는 아래가 황당해서
벌써 지워지는 한 대목

추임새 넣는 참수리 날갯짓 가늠하기
바쁘게 들판 나서는 번쩍번쩍 번개

거대한 통나무들이 부르르 떠는 천둥소리

제주도의 천지연 짬에서 떨어트리는

폭포소리에 내가 없어지는 이유를

듣지 못한 대신, 한참 까마득한
지느러미로 쓴 저 반 흘림체 먹물 글씨

또 내 초라함 따돌리는 질문 이뿐인가?

나무 그루터기로 버텨 살아온 만큼 스스로
포기하려는 패배감에 눈 감지 못하여
호되게 나무라는 딱따구리 죽비소리

나무둥치 그 속에도 생기生氣 찾는 굼벵이
목숨 거둬들이는 긴 느낌표도 구부릴 때

산울림 받아 나는 두루미 백로 왜가리 떼
물바람 소리 휘감아 전혀 다르게 착지하네

지난날 되감던 넝쿨이 껴안아 주던 구김살

구김살

너무 가는 거 안 돼 구김이

아직도 남은 수름소리 들리네

저장되지 않는 메시지

위험 없다고 그 계단 잔소리?

바다를 지워 버렸다고 다만 위험 너머로

하지만 깔깔 웃음들 변곡점은 될 수 없어

기척은 어쩔 수 없다고 핫바지 웃음소리

흔들돌 신음 훔쳐 찢어 되씹고 싶지만

남기지 않으려는 생각 살아있다네

저 보드카의 병따개에 덜미 잡힌 채

갈등을 참지 못해 내던지던 기억들

컴퓨터의 미세먼지로 희석된

째깍 착각 째깍 착각하는 동성애자

손잡기도 곤포 사일리지처럼 늦가을 들판

볕살이 보듬지 못한 포장 위한 말이 사랑

아이라인의 요염한 유혹 그 눈알 꺼내는

아름다운 변명 그것이 전부다네

맨발로 오가는 사랑채는 묻지 마!

사랑할 수밖에 없었다는 뒤꿈치 들고

덩실덩실 안달 난 부채춤은 어쩌냐

부채춤은 어떠냐

하얀 파도 누비옷 입혀라
오늘 이 시간에 너름새 보고파

신 벗어 보름달 한가운데에 놓고
아미 사이 덜 깬 잠을 비비는

눈동자가 바라춤 추는 거 보아라

청승 버선발로 한 발 치켜드는
곡예 할 적마다 우와 맞다!

학 날갯짓은 한량 춤이라 얼쑤
어와 좋다, 뭣이 성하겠냐

뜬구름 고깔 춤 좀 더 보고지고
비우고 비워내라 엉덩이춤부터
아니, 저거는 추임새 아닌 딴판 아냐?

먹을수록 커지는 호밀빵 웃음이네
파렴치한破廉恥漢이네

파렴치한

되뇌이고 있다, 끝없이 엉뚱한 짓

너무도 뻣뻣하고 때론 퉁명스런

두꺼운 살갗 내보이는 궁색한 팬텀

서로 노려보면서 늘 아슬아슬하게

맑은 유리창을 불투명체로 보고 피하듯

벗어나 살아남을 것에 간절懇竊 하면서,

새로운 틈새 트집 내세우면서

심란한 심경 스스로 휘젓는 고개

별들 사이에다 허물 벗는 천방지축 심정

마치 백색 정신 장애인의 겉 바람

죽음 색깔이 꼬리치는 위장

눈속임 동안 허무주의 보여주는

배추벌레 둥지 착각하는 직박구리

울음은 산굽이 넘었다

휴대폰에 내장하여 길들여지고 있는 한탕

벌써 꿈꾸기는 연방 내려 헷갈린 오후

자장면의 스트레스에 부러진 나무젓가락

시치미 떼는 저 딴짓 눈웃음들

저 딴짓 눈웃음들

보이지 않던 내 눈을 의심해온

바람의 비밀, 양미리 알을 굽고 있다

커피 냄새를 인식하는 그리운 것들

흩날리다 한길 가에 밀쳐진

환청이 들는 그때 바람 소리도

이젠 보인다

이파리에서 도루묵 알 굽는 냄새도

그러나 지난밤 술 찌꺼기 헛기침

밤참이 쏟아낸 그 바닥 둘레마저 꺼져

불퉁하다 얼룩인지 분간 못한

너무 닮은 그 여자의 덧니 웃음

말더듬이 소리 하는 쑥부쟁이 꽃바람

처다보지 않아도 한창 오십 대 초반

생글거리는 입 거품은 아이고!

문 닫을 거라 꺼벙이 진술

머리 푼 물살 소리 뒤섞이는 한숨

헹궈내는 긴 머리카락 올려 뒤로 넘기는

저 너름새 어쩌지 끝나는 날은

어쩌지 끝나는 날은

실 끝에 있네라 끝나는 날은

헝클어진 미로는 몰라라 해도
맴돌고 있네라 겨냥은 지붕 위
기왓장 파도에 뛰는 전어 숭어 떼들

죽음의 칼날에 아름다움 보여주는
빗대는 장주莊周 나비 날개로 비견해도
보여줄 수는 없네, 내 허물은

결코 허공을 통해 허상을 내세운
연민과 공포 사이 경계에도
구부정한 한숨 캄캄함은 아닐지라도

기억과 별거하지 않는 미로
스마트 폰 꺼내지 않는 내면의 외길

끝나는 날은 손끝 온기 만져보게나
애야, 부디 끄나풀은 놓지 말라

얘야, 부디 끄나풀은 놓지 말라

부엉이바위가 발톱을 세우고 운다 간헐적으로

내 앞에 놓인 돌부리를 쳐다보면서

외길임은 눈짓하지 않는다

빛의 숨소리 감지하고 있다

다시 오고 있는 낮과 밤의 빛살 그 순환 그림자 짚어
경사지는 그 굴곡 걱정까지 중심을 잡고

본능을 감추면서
퀀텀 0과1의 동시성 침묵을 인식하고 있다

0을 나누면 저 무한대가 타버린 절규를 마지막 내뱉듯
1초 만에 저 긴 날갯소리와 눈알 360도 회전에도 무음
을 내장하고 비상하듯이

간빙기의 간밤 변화가 내려준 하얀 눈덩이 구멍 사이

이미 4차원의 시공간 그 움직이는 선線을 포착

파란 달이 깨어지는 초저녁 개울 속살마저
낚아채는 만큼

AI는 3차원 부피를 알고 현(弦, string)으로
잇대주고 있다

전혀 비난받는 소환점이 없는 부엉이는

"애야, 부디 끄나풀은 놓지 말라!" 삶과 죽음에도

파이phi다, 파破이다

깨단하다 잡아 본다 끝자락

긴 사래밭 낮곁 아니고 도린곁이다

어처구니만 갈피를 노려보다

나달 배동바지 앞당겨 한 대목 이듬달로

넘길 수 없다는 이마적 풋머리 잔풀나기

한살이 들피 주럽에도 갈바서 뽑아야지

그글피 고스락을 일렀다

후제, 후제 미루지 말고

해거름 뺨아 봐라 쥐뺨이라도 어떠냐?

갓밝이 알면 겨를 어름 때쯤 철들었을까?

꽃 기운에 아랫심과 윗심이 개힘보다 감프지만

알심 하나로 앙세에 푸접하다 시쁘디 시쁘지만

짝자그르 오구탕에도 거뜬하니

솔기 하나로 헷갈리는 안개 불빛 그런

논다니에 난질 아니라 더러 있나니

요새 말 가심비價心比* 셈하지 않아도 끄떡치 않아

그기 착각에 눈여겨 번갈아 깜박이는 눈매야

눈매

먼지에 끼어 개글 대는 기계공이나

목공들의 숨소리가 접맥하는 유령감각

단절되는 실핏줄 난간을 보고 있어

항상 지글지글 톱니바퀴로 20초 속도 술회

"…마임 끝에 가서도 보지 못하는
 …뭇별 향할수록 멀어지는…"

구시렁거리면서 생각하는 그곳 찾아
수천수만 바퀴 도는 참수리 한 마리

유원지 나뭇가지에 쉬면서
미래의 날갯짓은 오로지 "카르페 디엠"

옳은 입맞춤 없이 헤어진 고개 숙임으로 사는
도시 연인들끼리 사는 알 수 없는 타시슴[*]

알 수 없는 타시슴

내 이유는 상식이 먹히지는 않아

처음부터 엇박자였어

영원히 간직할 수 없는 기억에서

분노로 들끓었지만 차단

중지시키기 위한 저지선에서

참을 수 없는 입춤 달래지 못하고

총부리로 가늠해 온 멸시와 증오

안경알마저 묻지 않은 미세먼지 닦듯

공연히 안절부절 썼다 벗었다 하는

깜박이 넣는 외눈깔에 닿는 살바람

밤하늘별 보면서 보이지 않는 삿대질

나이 먹은 검버섯 저승꽃도 숨겨주지 못해

떨어지는 빗방울이 연주하는 플루트

아직 마비 증상 외지[奧地][*] 등 너머에 있잖아

백직白直 내세워 농담 베푸는 정관靜觀 뿐

팔 둘레 스크린 펼치면 날아오르고 있어

내 젊은 날의 백학 떼 능양 마을 당산 숲을

돈다, 아직도 아니리 리듬은 에코 힐링인가

에코 힐링

어떠냐고 이번 절기에는
뿌듯하게 보듬어 주는 초가을 햇살

차가운 가슴이 자꾸 뜨뜻해지네

눈감을수록 따끈따끈해서
온몸에 박힌 화살 시원하게 뽑히네

두 손 모아 합장하는
누군가를 기다리다 못해 여기 있음을

소리치는 연민憐憫 오히려
말머리 돌리면서 뒤돌아보네

입가심에 못 미친다 해도
남은 비린내 맡아보는
사실 응시했던 기억들만 뭐라고?

어라! 어라 치워라, 버려라, 어쩌라고?

미궁 꿍꿍이 자네 간살 떠는 눈살

가당찮게 히쭉대는 머저리마저
맞물린 바퀴만 휘어잡으면 허세 부리는 꼴

그래 되묻지 않아 다행이지만
속이 빈 청대 숲이 있는 한

무식한 베짱이놈마저 덩달아

가짜 허물 벗어도 늦었다

자네 보고 해명 덧붙여도
구시廄屎에 눈 가듯

자꾸 엉뚱하게 묻지만 누구냐고?

오히려 절절한 화답은 후끈함이네

해안가 굵은 빗방울도 얼 얼

공중에다 터치하는 먹물 보다

64

공중에다 터치하는 먹물 보다

다시 궁금해 보네 가창오리 떼

미륵산 둘레로 대 이동하는 껌정 별들

먹물로 뭣 그리려는 뭉텅뭉텅 붓질인가?

공중에 쓰는 갈피에도 낱알 없이

주황 천에다 일필휘지一筆揮之 하네

투망하는가, 거대한 장관을

쓸어 모아 둔 찌꺼기들 탐貪·진嗔·치癡

테두리 체머리 잡고 착각에 초점 맞추듯

환생하려는 연기緣起 그토록 새까맣게 탄 이유들

불충한 내 중도中道는 어디 있겠냐?

그러나 군새 섶에도 흩어짐 없이 까만 깨알 글씨

보이네, 우주 펼치고 있는 술총 같은 이 얼 안

조선조 예종睿宗 원년(1469)부터 둘레 140리 초원

푸르다 못해 검붉은 병마 742필 방목한 말들

이름하여 '해평곶 목장', 이 방대한 필적* 잊고 사네

흔적마저 간신의 이간질로 훼철했던가?

어허! 굽바자* 보는 달무리 한기

뜬게 입은 채 가라말 타보니 막연하네, 어디냐?

열락에 미끄러지는 해바라기 일회용 웃음소리

가창오리 떼 눈알 숨기려다 들켜
흐드러지는 꽃놀이뿐

옛날 상소문 먹물 한 방울도 지체 없는 파발마 소리
내달리던 말발굽 한소리 근처에는 영영 못 미치나니

못 미치나니
-2014년 가을 피레네 산맥 아래에서

산 이름은 피레네 산이다

코끝을 타고내리는 산 높이

눈발 핥아대는 관능을 보여주는 순간

입 거품에서부터 시작하는 나의 할 말

시작되는 방울 소리로 흩날리고 있어

겨우살이 넝쿨이 나무를 휘감아대듯

급경사일수록 파란 휘파람 부는 새소리

내가 보이지 않는 누구와의 이야기하기 전

스페인 해안가에 밀리는 물보라

엉뚱하게 오픈하는 페스티벌 두런대는

튀르키예 나라 가로수 마로니아 거리쯤에서도

혀끝으로 핥는 아이스크림 기억

거기서도 짜릿한 삐레네 산 썰매 속도

승리하는 마음가짐winning mentality

벌써 알아챈 눈송이들

바람 불어 하얗게 불타고 있어

청대처럼 터지는 폭포소리

관통하고 있어 못 미쳐도 당기는 입술이

당기는 입술이

뒤섞는 저물녘 이제르바 레드 와인 빛살

볼에 살짝 닿는 튤립꽃 입술 속내 감추듯
보다 못한 바람이 먼저 흥분한다

꽃 심지 깊이 밟고 있어 튤립 꽃잎
귀밑 머리카락에 닿자 소리하는 이어링

양산 모양으로 귀환하는 휴식 의자 보고
웃어대는 말벌들 튤립 컵 속 소용돌이처럼

엉겨 붙어 쭉쭉 들이키는 말벌들

거나하면 천장 한 바퀴 돌아 시원하게
곤두박질한다, 튤립 크리스털 속으로

긴 뱃고동 소리 지우기 위한 파도 소리에
튤립꽃 봉오리 채로 꺾인다 마작에서 혜☆혜

요새 유행, 유골 풍선 대기시킨다 부두에

저녁이 잘 아는 부자리* 맞은 바래기* 힙지로

69

저녁이 잘 아는 부자리 힙지로

웃었다, 힙지로* 시장기 북적이는 즈그끼리
닿을수록 열어 놓는다, 반달이 노포 백반집 문

힘겨운 돌적 틈새 윤전기 금이빨

마주 보고 웃어대는 벽면 거울

철거덕 철거덕…EQ, EQ 자동으로 도는
소리는 새빨개지네, 핥는 혓바닥 본래 속살도
못 참아 그래서 말이지 출출한…

줄줄 밀침이 윤전기 이빨에 기름 칠하네
나를 씹기 시작하네, 한 숟갈 더, 더 떠라
철철 채워도~ 술잔에 빠지는 웃음소리

허우적대도 일어서지마, 자네 못 EQ 목살 있어
푸짐하네, 지글지글 시간이 아직 굽히고 있잖아

옆차개 두루주머니 아닌 굴피*걱정 마
누가 낯선 발자국 사냥하더라도

낯선 발자국 사냥하다

굴퉁이* 속 알 맛 외면하는 저

저 코푸렁이* 바사기*

어떤 구멍 밖의 우울증에 끼였을까?

공중에서 햇살 빼앗는 궁도련님* 목말라 하는

한숨 굽이돌아 산울타리 아래 물소리에 닿네

알아채지 못하도록 내 발끝을 북극 백곰은

알고 있는 풍경 꽃길

밤별처럼 쌔비* 있다 쌌다

내일 이 또한 이 줄비*길 순환하는 숨결

고라리* 무밭골 보릿동*에 남근 같은

무 뽑아 씹는 무지렁이* 웃어대는

한순간에 사무치는 뭇별보다

꺽짓손으로 화살마서 거둬 다시

잡을 손으로 사냥해도 엉너리* 낯선 발자국

나서는 외침도 이제는 또 다른 길은

없다, 아직 죽비 든 딱따구리도

없다, 아직 죽비 든 딱따구리도

모른다, 상처는 그 깊이를
땡볕은 알지만, 모른다는 고갯짓
알 수 없어 땀방울도 모른다니

신념을 짓누르는 신발 살아온
무릎도 믿지 않는 건넛산 산울림도
앞자락에서 끝내는 내력을

참수리 날개 사이에 끼웠는지
모른다, 사냥할 때마다 흉내 내는
누군가 알고 있다

내 가면의 까만 딱지를 겨냥한다
아직 침묵의 마침표는 아니기에

죽비 소리 멈추는 곳에서 찾으면
딱따구리도 주걱 들고
매구* 춤 랄 랄라 코카콜라 소리

코카콜라 소리

어머니 젖꼭지만 버전 되는
빙하가 시원한 불꽃 마시기

꼬집히거나 착취마저 분탕질
조롱박 허무가 정제된 쾌감 헤지hedge

어떤 공백의 표피 가위질을 당한 스크랩한 맛
유치증적, 자폐증적 어릿광대 해작이지

담보되지 않은 채 타버린 치기 어린 포즈

시원한 도착증에 사로잡힌 꾸중새*

어깨부터 비대칭 층화層化로 하여금
그러한 페티시즘적 들먹거림은

경멸적인 선동 코카콜라 뒷골목 쓸기
랄랄 깔깔대는 시원하지만 더 시원하게
눈 내린 길은 나뭇가지에 있네

눈 내린 길은 나뭇가지에 있네

사라진 베네치아 숲 사이

그루터기 잊을 때쯤

웃어대네, 바람도 나무를 붙잡고

또 간지러운 간질나무 생각난다며

눈 가리는 곳 눈 가름한 곳

없다는 거요 웃어주는 빛깔뿐인 거요

왜 자꾸 내 입술만 보는 거요?

서둘던 날들 거두기 위해서라니

그리워할 때쯤 오는 기다림

어디 보자, 어디, 어디쯤 오는 거죠?

숲 없으면 비눈 오지 않는 임종 문턱에서도

유무가 바뀌는 잘파* 세대 존재

남남 만나보지 못해 남겨 둔 눈빛 비고란

내리는 눈 그림자가 분주해

그건 보이지 않아

저 바다에 스트리밍하는 닷배*도

호모 도센스도 오지 않아 이런 날 수

알고리즘도 모르는 순간 스트로케stroke

나뭇가지에 영灣 영泳 눈송이끼리
아크로스틱Acrostic, 발발 발

아크로스틱Acrostic, 발발 발

발심심성성원원력역발발상상상상기기발발굴굴기기동동
기기발발신신의의분분노노발발수拔穗수발발소撥所소통통
발발심심사사정정침침소봉대대발발원원망망발발병발생생
발발주發注주둥이이말말말갈귀귀난난리났다다뒤집혀져발
랑까진발개발간發柬물때발코니에걸린역광발라드발레리나
나발발가락발톱톱니발뒤꿈치발발창발노發怒발발해發解발
바리발차기발목개발발군감발발랄발걸이발자국발차발품발
휘발광발포발사발표발전기발발뿌리마당발발악발론반론발
랑거리는발칙한발안오십세개대문발발간발행글발발발발이
나팔팔팔(八)같은은장도도마마구구하려고고발발발걸음음
유유발乳鉢발髮발發분發憤분발奮發발발撥發발말말금마
다다발성성질질발탁발拓拔탁발擢拔탁발托鉢탁발卓拔발그
대대발점점점늘어트린두발발장장등등발억센숫총각각연장
장발발길길항작용用탕탕진진발발복복복심심해해삼삼발풀
고고기가가발쓰던가가발너울울돌목목발짚고고고춤발평발
발생생생기오른발발뜀발발새새마다다발문어어음끊어들자
자동기가가로챈다다발성유방암암표팔듯이불불붙어어불성
서서로빼앗아아이이들들판판벌리는재미미련한한바탕탕탕짓
이겨도도한한량춤아아망높아아이이들들개개이빨에에나가
웃기는는개눈눈발발랄해해보이자자리펴고대발로엮다다발
발엮어어디든발진발상위기기발한페어링폭발결국국물짤짤

이이쪽쪽발돼지지족발비발(비바리)발발걸음마다다모바일
스팸발브로그그만봉두난발발칙한발내음음탕한한발발이그
리헤도도둑놈발발민으오오발탄탄탄하다알려도도무지알수
없다다아발레리나나팔팔거리는발 발발 발원…

제3부

통영 해안선

1.
바람과 빛을 만나면 찔레꽃 피네

배 띄워 바다 보면 물 때도 아네

바닷새 날갯짓에 넥타이 푸는

저녁 불빛 기다림 껴안아 주네

지워도 속삭임은 첼로를 켜네

오~ 안부를 묻네 통영 연 띄우네

오~ 네가 보고파 내 여기 사네

2.
연잎으로 너울대는 섬 섬들

물무늬 캐고 있는 우리네 쉼표

이음질, 끊음질로 해와 달 다듬질

통영 자개 빛깔로 별 웃음 치네

무지개 빛살 길에 메밀꽃 피네

오~ 바다 입술에 줄장미꽃 피네

오~ 네가 그리워 내 여기 사네

내 여기 사네

뿌다구니* 없이 내가 너를 손 잡아줄 때

나를 볼 수 있는 거룻배

겉살이 받아들이는 올빼미 눈알 같은

숲정이 밤하늘 별들이 박혀

조금은 알 수 있겠다 가름하는 푸서리

다리가 된 두 손 나를 붙잡기 위해

두 눈알이 항상 두 다리로 노를 젓네

저 샛별 때문만도 아니네, 기다리는 것은

먼저 대리운전 해 주는 저 밤새들에게

목새 지지 않으려는 것도

섬돌 댓돌 헛밟기는 아니라네

이제 손을 놓는다, 팔에 힘주지 않아도

스스로 나를 노 젓는 우주범선 그리고

저 별들이 눈짓할 때마다 쏟아내는 운석들

거기라던 거기는 바로 너 사는 여기네

뭐든지 푹 삭히어 보면 구렛들이 에테르네

내 증상 너벅선 되어 파악되지 않는 시공

파악되지 않는 시공

저 바깥세상도 무결정 에테르네

내 증상과 동일시 하는 실재계實在界네

바로 그곳이 상징계와 상상계 사이던가

증강세계와 가상세계 경계를 보여주는

불가사리들이 구멍 소리를 되 말고 있어

아직 질문은 0에서도 서로 연결되지 않는

빛과 중력 간의 회전 대칭성을

우주 밧줄로 얽어맨 채 웃고 있어, 그러나

누군가의 아이러니한 바다 싸움은 오리무중

오리무중

햇살 바람이 포켓몬스터 앞세워 줄다리기

번갈아 털어대는 그물코

경사진 어깨에 초침과 시침을 걸친 채
노櫓질 할수록 웃어대는 놋좆* 연금술

휴대용 캡슐 무신불입無信不立 외친들

날지 않는 한가로움이 눈꺼풀 탓인가?

SNS게임 하는 노병아* 웃음

서로 교환 캐릭터 물새 나들이야
밴두리* 생각 암흑물질 아닌가

저것 봐 버릿줄* 저것도 푸서릿길*

무속성無屬性 매직 따리 짓거리*

따리 짓거리

꼽사리 하는 바닷길의 소용돌이 알고
삿대질은 도착성과 히스테리아야!

그런가, 그런가 뭐? 뭐가?
간신히 막배에 승선한 것인가

멍텅구리배도 아닌데
그, 그 그런 거 아니라고

가도 가도 수미산須彌山 골짜기도 모르면서
잠시 발걸음 멈추는 사이

자드락 길도 아닌데 밀썰물 딸꾹
딸꾹질에 되밀치기하는 하이퍼 퓨전

일부러 가는 길 묻기도 하는 포켓몬빵

외대 박이* 아이템이 제휴하는 캐릭터

클라이맥스climax 날씨 체크 하고 있어

클라이맥스 날씨 체크

벌써 미세먼지 좋음, 23과 초미세먼지 5에서

오전 3시 0%, 오전 6시 0%, 오전 9시 0%,

오후 12시 0%, 오후 3시 0%, 오후 6시 0%

아우! 좋은 날 내가 가장 아끼는 연인의

체감온도는 12℃인지, 13℃인지 27℃인지

알 수 없는 것이 아니라

꽃이 머무는 경계에서 14℃를 떠올려 본다

그러니까 그날이 2019년 10월 16일

수요일 오전 1시 53분에서만 느낄 수 있었지

하지만 그거는 25℃에서 웃어 줘야 만나지

배꼽 날씨 예보 동영상으로 듣지 않아도

27℃를 먼저 만나는 날씨를 체크 해야

흐뭇하지, 틈새 구멍 봐 별들이 반짝이고 있어

하지만 파란 빛살을 포착하지 못한 초점

내 카메라는 그대 눈빛에 흐려지고 있어

'어디서 다시 만나랴, 어디 있느냐'

포켓몬의 명탐정 피카츄의 농간하는 바닷말

농간하는 바닷말

불러내지 않았는데 내 눈 감기고

바닷물 때[時] 읽도록 하는 짓짓은 뭐야?

뱃전 치기 하는 목탁 소리도 끝나는데
침묵에도 오갑증이 나는 바다 날씨

읽지 않았는데도
바람이 뽑아내는 바닷말 때문인가?

우주제국의 초월자들이 소행성의 벨트 보고
꼴뚜기들마저 웃어대네

너네 바닷말에 목 주머니* 만드는 중에도
먹어치우다니? 뜻밖에 가마우지가

삼천진三千鎭 종현산* 끝자락도 모르나니
그냥 둘러앉아 한 접시 멍게 꽃 보쌈

달달한 판타지 그 울대
좋아 사는 지금 부추기는 바다는

지금 바다는

초월하는 기점의 경계에서

싱귤래리티 같은

포켓몬 드론으로 배달되는 택배

부피기 0인 그 슬픔 뭉치

일상 명상 채널

옴 나마하 시바이Om namah Shivay

눈동자 안에 흑진주처럼 빛나는

섬들의 너울성 파도 하얀 쉼표

사이마다 파란 숨결 옴나마하 시바이

펄떡펄떡 춤추고 있는 물고기 떼

내 찾던 연필심 같은 나노 친구들

부유하는 독소 미세 플라스틱가루 먹은

물고기 몸에 퍼질 때마다 좋아서인지

초콜릿 토악질 터뜨리고 있어 그러나

저런! 저건 안 돼 안 된다?…

두릿그물 아니면 걸그물 나서지 마

옴 나마하 시바이 옴 나마하 시바이

아는가, 한바다로 나는 밤새 하얀 쉼표

나는 밤새 하얀 쉼표

도대체 자네는 어디로 나는가?
철들어 타이르는 비감이 그것인 줄

오 그래 그래서라

눈물방울이 귓구멍 달래기
방울 소리로 다독여 주는

그 구멍골짜기 때문만은 아닌가베

사는 눈치 털어내는 것도
아니면서 그렇게 못 믿어

그냥 우는 한바다 철새 아닌데도

철들어도 깃털로 나부끼는
어디로 날고 싶어 하얀 쉼표 비감아

너 보면 비화飛火 내 웃음도 날지만

웃음도 날아보지만

입가심에 남은 군침 질질

뼈마디 끝자락이 굽이치는 마그마

여태껏 감돌며 부서지는 응어리들

하얀 피가 펄펄 끓어대도

너 보면 좋아서 수평선 가리키는

비상도* 너머 소두방여* 쯤

만나보면 어떠냐 수국꽃춤 한 번 추겠는가

돌고래 불러 너울 버꾸춤

어리마리*로 미리 보여 줄레나

미리 보여 줄레나

북두성 초요성招搖星 깃발 올려라

체험한 우주의 바다 깊이 알 수 있게

살과 뼛속으로 황천항해 하는 미지의 세계

낯선 길 생존할 수 있는 유일한 생명선

더 창창하게 희망과 꿈의 항진을 위해

저승 부석 아구지 발김쟁이도 홧홧

오감타 너벅지 잡고 웃기만 하겠냐

오달지게 우주의 물 보기 나서서

빛의 외침으로 감싸는 벅찬 희열

버티고 보니 강인한 닻줄들의 끈질김

허기 잘 아는 일념으로 오늘 여기까지

"어디 있느냐"고 신神의 첫 질문

태양이 비춰주는 그대 타임캡슐

0과1의 이진법으로 풀어내는 이중나선형

무한한 우주 거울 속을 미리 보여줄 레나

다시 발견할까, 혹시나 앓는 우주 눈병

우주 눈병

내 속을 건너뛰다 시접* 실마리

빔실* 솔기 해서 만수받이*는 찌푸리잖아

지는 달 보고 혓바닥 내미는 만큼이나

자꾸 되잡는 날* 그거 아무도 모르지

바늘밥*이 기다림의 끄트머리에 뜨는

시월 상달이 바늘 코 꿰어주는 실낱 보이지 않아

감침질이라도 해서 그만하게 다행이네그려

권당질*아, 섣불리 나서지 마!

알싸한 박음질도 똑같아, 새벽 물소리도 닿네

그 속살들의 파랑波浪, 레이요 그래프Rayograph…

파랑, 레이오 그래프

아바나의 블루 카펫 카리브해를

흰가오리 떼가 휘감아 날아오네

헤밍웨이 낚시질하던 열대 습기

첼로 엉덩이 들먹거리는 시퍼런 질투네

흰가오리 연처럼 연줄 꺾일수록 세우는

등지느러미의 눈갈기*끼리 캠프파이어Campfire

매드신madscene~?, 엑서더스exodus?

파열하는 원둘레의 갈래 길 한음翰音*~

귓전 귀맛을 휘모리 하네

'몹시 귀가 고프다' 트랄랄라

담*좋은 덩덕새머리 깔깔한 파소波笑들

끝없이 바닷속으로 내리는 바다 눈발

물불 가리지 않는 설파, 바로 저거다 중용中庸

참살 아닌 철렁철렁 한 청승 살 군무群舞

가선* 없는 전어 숭어 날치기 떼도

좋아라고 난다 삐딱하게 등걸 좋아라!

졸보기 쓴 파란 불티들

불무지 천불 난 불덩어리

각불* 된다 후림불*은 불김 받고 있네

불 보라 한판 굿패 놀이

새벽 바다 빛깔이네

새벽 바다 빛깔

출항야망 근육질끼리 엉기다 서로 다잡아
헤살 없이 시울질 고빗사위* 두둔 길 항진

뒷바라지 끝매듭 푸는 주낙 배들 고동소리
이미 건지*해 둔 한바다에 들어섰던가

상서리*에 담금질 참맛 손맛 없이도
후미나 콧부리 느낌도 가로 채보지만
그러나 잔태기*라도 잡히는 물 거리* 때다

옴니암니* 땜에 통금*쳐 길미* 계산
눈치 하나 빠르다 바다는 주판알보다

물벼루* 서는 바다는 펀더기*가 없다 그러나
난바다 바람씨*에도 도래 손맛 일러주는
미세기의 무수기가 근육질 기대치

저렇게 외로워서 털어대는
새벽 첫 닭소리를 바다가 먼저 알아

바다가 먼저 알아

그냥 가만히 있지 못해
바람을 불러 자꾸 집적이다 을 그냥
한복판으로 현혹하는 바다

나는 '어두운 숲'보다 '바다 숲'에 빠졌을 때
소환하는 단테 신곡神曲 지옥편
마지막 구절 "별을 바라보라"해서

보면 황홀 펼친다 푸른 장미꽃밭을
도넛 빵으로 흔든다, 신들린 탬버린이다

깜박불 불러서 불티 달린 옷 입히고
처음에는 우둥불 아니 불무지*

어어! 꽃불 불보라 어이!
후림불 삼키는 잉걸불이다

툽툽한* 자릿그물* 끝자락 놓아라

눈물과 빠특한 웃음 한쪽만 터놓은
겹겹 보고 물고기들이 찾아오는 방그물*

그 방에는 길그물 깃그물 통그물 비탈그물
말그물 좋아서 꼬리치는 코숭이*생과 사

파스칼이 〈팡세〉에다 쓴 저주한 범속凡俗
존 밀턴의 〈실낙원〉에서 폐지 줍는 시시포스마저

걸그물 두릿그물 끌그물 후릿그물
쟁이그물 벼리* 반두*에도 오그랑망태

시겟주머니 놓고 걸신들린 탬버린 흔들수록
매화꽃 피는 굴피*만 남아

경악하는 하늘 입 벌리나니 이젠 코방아 찧기
물구나무서기 망상마저 바다 위로 걷게 하네

바다 위로 걷게 하네

더 깊은 바닷소리 그 위로 걷는 그림자 하나

부표들이 떠다니는 날엔 달리
착지하는 하체는 두 발 있는 꼬리지느러미

어쩌면 초록 숲을 거니는 착각

참치 삼치 방어 떼 쫓는 돌고래 떼 청승

뛰는 사슴 떼처럼 파도 높이에서 뛴다

그 속에서 튀어나오는 흰가오리 한 마리
수평선을 연줄에 매어 날고 있다

스피커에 주창하는 디스플레이 물거품 소리 아닌
내일, 모레 다가오는 바다 위로 걷기 대회

누가 질문하느냐에 따라 달라지는 네 그물코야

그물코야

섬들은 발자국을 남긴다
발자국이 그물코를 친다
조용한 시간을 갖게 되는 버전

갈맛조개 주둥아리에 물린 채
날아오르는 바닷새 외마디소리
논다니나 난질들이 감투거리

더듬거리는 둔탁한 비명 요분질인가

모두 다 거품만 내는 꿀꿀이 소리
오랜만에 솔부엉이 녹색 텐트 창이

컴퓨터를 업그레이드하는 순간
버전 막아서는 섬 웃음 하나

그물코를 모르니까 헛코*소리
그거, 푸닥거리는 푸시마 바람

푸시마 바람

나를 부르는 소리

캄캄한 곳에서

자다가 벌떡 일어나

겨울이지만 벗은 옷에 문도 열어 보고

다시 기다려 보는 기척 귀 세울 때

분명히 해평 윤씨尹氏

떨리는 끝자락부터 굵은 빗방울이

청대빗자루로 쓸어 물리치는

서포야, 만중아ㅡ 부르는 자당慈堂 음성

울지 않으려는 안간힘 다하는,

바닥을 쓸수록 확확 퍼지는

하얀 눈물이 삿갓섬[櫓島] 붙잡고

감당 못하는 저 몸부림 어쩔거나

남해 너울 파도마저 돌림병 앓는

동동 발만 굴리는 난바다

또 옥비녀 뽑고 머리 푼 채 그래도

강인한 지조志操 지키는 내 "아가 아가"

아직도

서포야, 만중아~ 부르면 바람 섬 날씨

바람 섬 날씨

연방
떨어져 나가는 나뭇잎끼리, 도지기

손가락 끝에만 닿는 섬과 섬들끼리

손짓하는 저 맞바람 빗장거리

또 눈 속이려고 놓쳐버린 뒷전 물보라

하지만 먼 먼 손짓뿐이겠는가

여태껏 만나보지 못한 밴대질

떨어져 나간 이후 용두질

삭은 버릿줄에 매인 날씨 짚어 보다

갯결 날리며 두레놀이 하는 아리새* 소리

아리새 소리

바람 등배지기 명암 오가는
이산 저산 어름어름 감치는 덤벙 구름

물벼랑 아홉 물 때[時] 고갯짓 없이도
무덤덤한 올 실 뽑아내듯
베틀 샛날 날줄 잡고 앗아 잇대
삼베 짜는 어머니 북질에

내 유년 머리 위로 떨어지는
감꽃에 화들짝 놀래던 그날

안다, 들판 둠벙에 피죽 쑤는 주걱 걸어
두레박 물로 사축* 물 잡듯이 안고

도르래 줄에 아리아리, 헛웃음 잡고
돛폭 올려 갈지자 아부지 맞바람 배질도

그래요, 그물코에 물방울 새 날갯짓
건들 건들거리는 속앓이 깃털
보이지 않아도 잘 잘 안다 끌그물*
날갯짓 흉내 내는 그 섬의 여름 바닷가

그 섬의 여름 바닷가

내달려오는 파도
닦달하는 파도 소리에

바다새는 갈팡질팡하다
돛단배 요트를 놓치고 있네

누가 보지 않는데도 새호루기*

눈물 쏟아내는 갯바위들 따돌리고
바닷속 멍게 밭에서 머뭇거리는
태양 찾아 끌고 가는 시계바늘 보고

웃어 대는 돌고래 떼가 오구 오구하면서
구름 스카프를 휘감고 허리품하네

돌돌 말며 뭉클 뭉클하는 기억들을
가로질러 막아서면서

파란 여름 메시지를 쓰고 있네

제4부

푸른 별이 우주 메시지다

낚아 올린다, 별들의 한숨 넋두리

소주 몇 병 어깨 비 걸친 힘줄인가?

밀물이 질 때까지 웃음소리 굿발*

단골 판* 버짐이 번지는 해안가

거닐까 별들이 망설이다가 왠지?
'빰빠라' 갈매기와 바닷소리

헤쳐 모이는 해조음 호각소리에
공존을 위해 '줄뺏다'는 심방이* 소리

오! 여원*이 토해내는 소리 구멍인가?
별시럽게 사는 거 이제야 기대* 아니 해도
알겠네, 계면떡*인 별들의 실재계도

빙하가 잃어버린 지점일 수 있네.

110

빙하가 잃어버린 지점

보여 준다, 지구의 피부에 별들이
우수수 떨어지는 바람에

이파리들이 소리를 품는 안간힘은 뭘까?
살아있는 숨결 때문만은 아닌

타임랩스가 펼쳐주는 온도 걸음

갈림길 보면 나비의 디테일 매무새

공감대의 스토리텔링마저
이끌림이 사라지도록 매달리는

밤의 미완을 보여준다, 영점(0)에서

거대한 낯선 해안벼랑을 맞이한
북극곰들의 죽음이 별들로 사무치게

들린다
끝없이 되풀이하는 드로잉, 우주 숨결

드로잉, 우주 숨결

산들은 하늘 구름 펼쳐
숲을 그리고

숲은 새소리 빚어
물바람 소리 만들고

눈웃음 그린 물바람
잠망치다 별꽃 그리네

별꽃은 별별 꽃을 심어
이슬 만들고

이슬은 꽃무늬 그려
꽃씨 가려내고

꿈 갈이 하는 꽃씨 숨결
땀방울로 내 모습 그리네

내 모습 그리네

사랑이란 배꼽 그려내는 후렴이네

아무리 탯줄 떼려 해도
뭔가 갈기 말갈기 세워 달릴수록

허전한 신짝 하나 후렴으로 남네

불러 봐도 별빛들이 내뿜는 몸짓
진행형으로 반복되는 저 호들갑

스카프처럼 펄럭이는 후렴이네

호들갑 떼어도 옷섶 촘촘한 그 안섶 누비

꽃뱀처럼 되감아 똬리 하는 후렴이네

눈웃음처럼 들먹거리는 여기서도
더 기이한 귀맛* 사랑의 후렴이네

귓불에 키스하는 죽음 잊을 수 없기에

죽음 잊을 수 없기에

산이 있는 곳은 강이 나서고 있네

강이 있는 곳은 바다가 넋정을 품네

바다가 자유롭게 더 깊은 점은
수평선 너머 나는 새카만 새 떼 때문이네

까마귀밥 죽음이 사는 손짓, 끝없는 날갯짓이네

그래서 푸른 행성이 우리네 죽음을 사랑하네

그믐밤에도 북두성 바라보기 위한 것이네

항상 연줄 생각 당신 탯줄 아는지 물어보네

땅보탬*하는 발아의 리듬이 회귀하는
머물지 않는 어머니 눈빛을 관통하는 정나미*

하늘이 닿는 바다가 펼쳐주는 블루타임
아름다운 죽음은 바로 당신 배꼽에 있네

보름달에 오가는 달팽이들

달팽이는 밤마다 흰 글씨로
자기 발자국 지우네 내 몸에서

옮기지 못한 꿈의 발자국을
먼저 달나라에 보내네

탐지된 신호를 받았을까

인공위성 소용돌이 촉수를 보네
안착을 위해 머리부터 보내는 느낌표

우주정거장의 달팽이 버스들이
보름달에 오가는 도래질 하네

장다리물떼새

내 전생 봄가을 메시지네

너무 오래 기다리다 새카맣게 탄
눈알 굴리며 하얀 가슴으로 다가올수록

너무나 긴 검정 부리
야릇하네, 뜨거워지는 내 입술

핑크빛 긴 다리 못 잊는 들큼한 아이스크림 날갯짓으로
포옹하는 나의 첫사랑

한사리 불잉걸 불꽃 흔들리듯
스카프 물보라 질근질근 밟을 때
의자까지도 물구나무서기

어쩌면 나의 핑크빛 자전거
페달 밟아주는 또 하나의 나그네처럼

네발자전거가 외발자전거로 날고 있어
나를 깜짝 속이는 새우 눈알로 둔갑하네

새우 그림[蝦仔圖]

둥지 트는 사이길 한참 따라 가다

우리네 한밤 죽지 먼 당 고뇌 끝물 앗아

엄지발가락에 걸고, 짚신 삼듯 구부리면
찹찹해서 깜짝 놀라는 물방울들

메뚜기 눈깔 겹쳐지게 반짝이네

잠 깨듯 내린 별들 솟구치다
뛴다, 명주실 그물 같은 물 바람결에
철철 옥빛 헹궈내듯
들뜬 잠결 별자리 설치기만 하겠냐

달그림자 밟고 멋진 폴카 춤뿐이겠냐
곱고 미끈한 우리네 숨결 마디 다 보이네

아킬레스 뜀박질 흉내 내다 절름거려도

군밤 웃음

찬바람 속으로 구르는 밤 열두 개

연탄불 위에서 웃음 벙글고 있어요

누가 벌써 칼금 넣는지 쩍쩍
덧니 보이며 귀여움 배시시 보여 줘요

절절 애타지 않도록 노릇 노릇한 색신
뒤집어 굽는 조바심에 첫눈에도 설레네요,

뜨거워 호호 불어대다 입맞춤할 때는
창밖에서 겨울 나비 떼 데칼코마니 해요

세상 이야기하는 통기타 줄에 앉다가
잘 굽히고 있네요, 구수하게 먹음직하게

그러나 아직은 방울새 둥지 속으로 눈은 내리고

방울새 둥지 속으로 눈은 내리고

도대체 자네는 어디 숨어 있어요

미더운 날들이 내 눈 가리면서 떠난

거실 비워내도 그 자리 그보다 먼저

마찬가지지만 사는 거

그런 거라고 해도

이젠 철든 눈치 하나 기억으로 서성대다

그곳에 머물지 못해 날개만 아픈가 보오

푹푹 쌓이는 눈발 오죽해서 토해내다
군밤 껍질 방울새 둥지 되기까지냐고

연중*에, 만나자던 눈 맞춤도 못하면서

눈 맞춤도 못하면서

그 유리창 안의 불빛 눈망울 소리

푸른 나뭇가지에 앉다

눈[雪]이 눈[嫩]두덩에 미끄러져
아둔하도록 내 눈[眼]의 현관문을 노크!

거북 등 같은 승강기에 꺾일수록
빛나다가 백자기 속살 후벼내기

'은개' 가는 다랭이논에 아아! 와와?

내 맨발이 줍던 오뉴월 논고둥 찾아

우 와! 황새 떼 날갯짓이 으~하하!

알진 박하사탕 맛 알겠다 알겠다 하네

박하사탕 맛 알것다

먹어 봐요, 박하사탕

입천장이 녹아요, 이빨에 눈 내려요
사르르 혓바닥에 고이는 옹달샘

강강술래 손잡기도 접는 들새들
날갯짓 자맥질에 웃어대는 콧구멍

하늘 창문 열고 스케이팅 하네요

은빛 비행기도 양 떼 구름에 숨네요

그 사이로 꽃사슴 떼 뛰어오네요

벌써 혀끝은 플라멩코 춤추네요

파도 혀끝은 아직 바람 일지 않아요
사는 뒷맛은 쏴해도 들큼한 맛이네요

징검다리 놓는 산 물소리 마냥

산 물소리 마냥

바람과 햇살을 빚는 다리도

건널 수 없는 넝쿨 구름에 걸려

물소리 악보마다 목마른 산새 불러

먼저 눈웃음치는 날갯짓

더 가까이 다가오도록 오늘은

물안개도 겹쳐서 접는 산울림도

줄 다람쥐 따돌리며 굽이 도네

잎샘* 전 꽃길 소리를

책장 넘기며 알려주네

책장 넘겨 알려주네

책장 넘길 때마다 기왓장 밟는

빗방울이 옥수수 알갱이 따내 씹는
오도독오도독 뒤적거리고 있소

맺히는 이슬방울 생각들

갑자기 알 수 있다고 허벅지 툭툭 치며
시작 맨 위로부터 너더렁 산 물소리

'(…)툭 치며' 5행 다시 짚는 빛 날개

책갈피 빨리 넘기도록 서두네

왜 추녀 끝마저 추스르는지
아직 물어보지는 못했네

땀방울이 옥수수로 여물 때도

땀방울이 옥수수로 여물 때도

거기에는 잃어버린 내 땀방울들
여름날의 이파리 속으로 들어가고 있어

내미는 힘줄 툭툭 불거지면서
가지런한 이빨로 웃어대고 있어

하모니카 부는 입술
달콤하게 감치듯 쏟아지는 소나기 소리

후드득후드득 그 들판 따내고 있어

그만 다 젖는 홑바지가랑이
솥뚜껑이 내뿜는 김발 소리에

못 참는 목구멍이 혀끝 말아 올리고 있어

저! 저! 입술 떨어대는
옥수수밭 쏘대는 하모니카

헷갈리는 '햄릿형 고민' 밀침 흘리고 있어

연잎에 구르는 물방울들

연밥 되네 비 올 때는 제비로 나네

그것도 물 조리개 주둥이 잡고 나네

너울 나래로 별들을 직조하네

손끝 떨리듯 미끄러지는 직녀 숨결

그리워지는 발소리 그만한 생각들

날아올라 싱그러움을 굴리는 굴렁쇠

머뭇거림만은 어둠도 지우지 못하네

한 번은 누구든 가야 하는 그 길

잘 보이도록 대신 그려 넣어주고 있네

논우렁이가 하얀 핏줄로 나비 고향을

나비 고향

미련은 만월에 떠오르네

헤어짐을 찾듯 나는 나비의 몸짓

눈웃음치는 가로수의 길목 거니는

자정의 꽃술 속으로 날아드는

프리즘 밖에서도 끼어드는
환상의 그림자마저 바닷가의 하얀 이빨

참으로 가슴으로 사는 작은 나라
하얀 나비 고향

일렁이는 봄날의 물살에 살을 섞어도
웃기만 하며 몰려드는 나비 떼의 꿈길

4월의 만월 기다림이 불현듯
들바람 산바람 이어지는 줄넘기

바람 한가운데로 밟는 웬 봄날 발소리

웬 봄날 발소리

1.
뭉게구름이 물소리를 챙기고 있네

파란 풀밭 걷고 있는 맨발소리

추라치[*] 잡듯 돌돌 구르기도 하네

서로 이름 불러 주기 하네

오! 저 예쁜 주둥아리들

맨발이 아파서 새소리 내네

2.
치맛자락에 숨기는 호밋자루 웃음

산비탈 밭 오를 적엔 나뭇잎에 들키네

줄 다람쥐 눈알 가로채듯

뒤따르는 참수리 바람 누비듯이

서로 봄을 맞대다 보면

보이는 발가락들

어이! 푸새[*] 아가들 맨살

다칠까 봐

꽃자리 펴고 건너뛰는 돌개바람

도리깨질 없이도

느리[*]들보다 건너뛰네

건너뛰네

이제야 겨울 가리나무[*]

알겠네, 옷 벗는 까닭

하얀 눈이 참해서, 좋아서

눈 빠지도록 온몸 끌어안고

그 어릿광대 곤두[*] 보고 또 보는

스트리킹 때문만도 아닌 것 중에

그동안 나누는 속삭임 "그… 그…"하면서

훌훌 내 옷 벗기려다 목말라 건너뛰는

내력 이제야 알겠네, 그 징검다리 속삭임마저

기다리는 첫눈 애태움도 다 벗어놓고

다 벗어놓고

하얀 머리카락 숨겨주면서

도섭*하는 산새 떼 소리

내 겨울모자 보고 웃는가

나를 다시 그대 눈 내리는

소리길 따라 더 멀리서도 더 잘

보이게 눈 밟으면 하얗게 불타는 숲

귀만 커진 산토끼처럼

또 다른 바람이 하얗게 몸부림쳐오는

눈빛도 지쳐서 온몸 속살 터지네

솔숲길 숨결로 감발한 솔기*

들메[*] 어벅다리[*]가 만나는

어디엔가 들무새[*] 막 손질인 양

신 바닥에 대는 사갈[*] 발자국

다시 밟듯 내 겨울 모자는

하얀 산새로 날아오르네

또 다른 바람이 하얗게 웃는 길

자네 쪽신[*] 연유에 겹친 깃고대[*]에

활활 하얀 산불로 타오르는 거 보네

제5부

우리네 허리춤 노래

나선다 저 눈뜬 물고기 나무들

지신밟기 신명 난 눈망울 굴리는 소리

먼저 송골송골 솟아난다, 땀방울 빛남이

톡톡 튄다, 싱그럽게 한여름이

맨발로 햇빛 밟을 때 우쭐대는 팔다리 춤

보름쯤 달거리놀이* 어떠냐 어허

어떠냐고 그게 좋아 흔든다 엉덩이 춤

반 바퀴 돌며 추임새 넣는 수탉 날갯짓

멀리서도 알아챈 계족산鷄足山* 약수 웃음

그걸 마시도록 허리둘레 감돌아
내린다, 오색고깔 무늬서는 무지기* 마을쯤

어디? 또 보자! 어느 누가 박장대소하겠냐

산골짜기 물줄기끼리 부둥켜안고 춤추네

저거 되받아내는 너울거림이 여긴가?

손에 손에 쥔 부채춤 추는 저 빛살들

여기로 와도 보일까 안 보일까
들썩대는 배꼽춤 비뚜리 춤추는 매미도
니네들 골반에 닿는 산 메아리 학춤도

우리네 허리춤에서 시작하는 거 알고말고

오호라 후련하도록 우리네 피 끓다 피 닳아

퍼담는 요요 알찬 가래질 춤에 당그래 춤

참 좋다! 야아야! 산에서 더 내려와야지

산에서 더 내려와야지

산에 오르면 오른 만큼

더 내려와야지 더 내려와서

그 너덜겅에서도 더 내려와

자네 그림자와 내 그림자 만나는 하나

더 낮아지는 반사의 눈물방울 지평선

알아듣게 말하는 사랑의 끈

잡고 나를 놓아 함께 걷는

들꽃만 바라보아도 흐뭇함

비록 "가난은 항상 슬픈 것이다"라는

잉카인의 속담처럼 꽃을 보여주는 순간이네

그러한 햇살보다 가장 낮은 곳에서도

물소리가 흙을 만나 피리 부는 갈숲길

어깨춤에도 늦지 않는 그때는 맨발로

언제나 너름새 바람으로 꽃피는 이야기

사실상 지평선이 없는 데도 우겨대는

상크름한 그 변곡점 있잖소!

그대로 보이느냐

상에 놓여 있는 밥그릇

굽에서도 더 내려오면 더

잘 보이는 질그릇 어떻느냐

질그릇

산하에 스민 한을 짓뭉개고 짓이겨서

메밀대나 아주까릿대의 잿물에 담근
피와 살을 건져 올려 인고와 각고 불태워

오! 되살려낸 영혼의 숨결이여

보아라 더더욱 물소리 담아보면 아네
인당수에서 환생한 심청이의 기쁜 울음소리

단오날쯤 비낀 빗소리에 무지개 서듯
서로 부름으로 부둥켜안는 더늠이* 해후

언제 보아도 듬직한 이 나라 장독대여

청자 백자 진갈색 고운 살결이여

우리 함께 사는 아리랑 사투리여

사투리

푸짐해서 털멩이 짚신 벗고
맨발로 논물 잡는 소리

막걸리 먹는 소리에
산비둘기 떼 후닥 딱 되날아오는 소리

누가 부르는가, 문 열어 봐도
해장국집 덧문 두드리는 돌단춤* 소리

에, 에그! 미끄러지는 쑥부쟁이
엉덩방아 찧는 소리

일어나 옷깃 털털 털면 메뚜기 떼
덧뵈기춤이 나락 이파리 건너뛰네

한참 뒤에서 시틀 궂은 발걸음
붙들고 동고리 웃음소리

다 허튼소리에 풀린 신 끈 고쳐 매도
엉덩이로 디딜방아 찧는 개망초 소리

진주 저녁 남강 소견

청죽靑竹들 등물 치기 해주면서
웃는 촉석루가 이 땅 지키다

숭고하게 산화한 영혼들만 호명하고 있네

지금도 강줄기 수평선 눈물꽃 봐

눈물방울 줍는 이름 모를 저
하얀 새들 날갯짓마저
육만여 명 이름만 들추며 새기랴

설렁설렁 걸어오는 발소리마저
지금도 의기義妓 논개 선대님
금가락지만 찾으랴 청죽靑竹들아

더 밝은 등불 밝혀라 밝혀라

제발 웅성거리지만 말고

복쿠리 에미 노래

1. 모심기

한때가 무서운 것 없었네라
살다 보면

가난이 바쁠 때는 사는 거
쑥쑥 뽑아 데치고 삶았네라

뭇갈림 모심기 철에는
들대 노래 토해 냈네라

골채논 마중물 구성진 선창에
고래실* 후창 있었네라

두레굿에 더 거들먹거릴수록
몇 마디만 좋았겠냐

일부러 논바닥에 뒹굴던
정나미 엄마 모춤 웃음

고논* 조림은 돌무새* 맵시에

덩덕궁이 모춤이 조리고 조리면
반쯤 내려간 반달 웃음

한거슥 거기다가
경우가 딱 발라서 해살 없이
반듯한 웃음도 때론 외로웠네라

눈웃음으로 때우는 시장기도
밥 더 떠서 새댁 두둔한
밥먹이처럼 더 없어 후창 뽑아대는

궁덩이 맞추기 웃음

저 허리춤 또 조여 동쳐서 매는 치마폭
사는 눈치도 봇도랑 일러 주네라

무넘기* 곱디고운 맵시
엇답* 인들 어떠랴
그래도 남정네들 지나치면
땅만 걸다 뿐이겠냐

농담도 건살포*로 받아내어
푸짐하다 밥상머리

서리서리 그거다, 바로
고래실 어름 등짐노래

구석빼기지만
맞은 바래기* 앞엔 있는 쳇불*

성미 다 아깝다고 부러워
입맛 다시는 수국웃음

모르는 체 일부러
뒷걸음질하는 들 노래

논물 조리는 반달
치맛자락에 철벅거릴수록

흔들었네라 둥당기타령*
앞세워 모심기 노래
남모르는 모춤 돕바* 와서

더 심어놓고

그냥 텍텍 코 풀어
뜰모리*로 가렸네라

자아 못줄 넘길 때는
후창 '자아, 자아'

큰골재 넘는
채그릇* 선창 소리
산울림이 받아 주었네라

그 골개 떼기가
쉬고 싶다 산굽이 오를 때

온 동네 꽃울음
되받아내는 꽃상여가

솔가리 타는 횃불로
부르는 복쿠리 에미야 에미야!

2. 명주베 짜기

누에 키워 누에 올리는
석잠 자면

깨끗한 참나무 쫘 와서
말린 것이

작은 방이라도
방구석에다 집 만들어

삐들 하면 누에들
자기 집 만드는 거

보면서 잠들어도
또 보고지야

네 살 내살 아니냐고
그 금슬 살날 짚어

고치 물레질은

가락 올 하나하나로

잇고 나면 뜨뜻한
누에 번데기 주워 먹는 허기도
고소하다 웃더니라

그 올 올 베틀 매면 땅땅
열새 조시 베 짜는

앞산 노랫소리에
뒷산이 받아 주었네라

들랑날랑 북으로 짠
씨 날들 하루 당기다

허리춤 힘일랑 잔줄러 주면
시원시원타 뿐이겠냐

3. 삼베 짜기

섬에도 두레 삼 삼는

이바구 집겼네라

둠벙 옆 논도가리에
삼 심어 너울 한허리

잡고 벤 그 자리에
가마솥 걸어 삼 삶아

삶은 삼대 꺼내
베끼면 후끈 했네라

내 온몸은
김이 터지고 터졌네라

'전지야 수만 가래
다 걸어라' 잇댄

두레 물레질 가락
날실 뽑고 뽑았네라

도투마리에 감아올린

베틀에서 얼금얼금

석새 넉새 다섯 새
일곱새 조시 삼베 옷

베 짜는 소리 땅땅
산울림에 흉내 내는 꿩들

바디 잡고 꿩꿩 베짰네라

4. 명베 짜기

자갈밭에도
잘 자라는 무명씨

불 땐 나뭇재에
버무려 비비고 비벼

심으면 그리 고운 명꽃
먼발치에서 구름도 웃는
두 번이나 꽃피우는

웃음꽃 피워줘서

뿌리 발 걸고 살아본
고됨 목이 메다 뿐이랴

작대기로 명 타다
기계공장에 명 타오면
솜구름들 손안에 잡혀
올 올 뽑는 물레질

가락마다 베틀에 올려 넉
새 여덟새 베 짜면
긴 사리 밭 언덕에
참 가죽나무 나물 냄새

물씬거리면 아이 들어선 줄
이녁이야 어찌 알겠던가

얼그미, 얼금네야

시원한 여름 쏟아지기 바쁘게
너무나도 얼금얼금해서

소나기 아닌 숭숭 소나 놈들

며칠 전부터 엉큼하게

볼그족족한 감흥 거품 내뿜다
눈게 시샘에 윗입술 물렸다니

그래도 능청 떠는 아리새 바람
사방 구멍 뚫어놓고 솔솔 한

눈 흘김 금실* 어디 있느냐고

아마, 아마도 네발 벌린 금슬琴瑟*

덩달아 등물 치고 있을 거야

붙들래 에미야

논두렁길로 오가는
풀피리 어정 걸음

천천히 사는 들머리 바람도
낯살깨나 짚이는 게 있는지

눈 감고 설어노 쏮보라 꽃비 다 알고말고
늘 다음에 다음에, 날비 날비에 미뤄진

눈짓만 주던 저 돌감나무 감꽃 웃음

우리네 청국장 냄새도
더 오래지만

혼자서 웃는 패랭이 꽃바람에 속아도
따스하기만 했겠나

민들레 꽃 벙글 듯이
어정어정

딸따리만 다섯 놓고

웃는 붙들래 에미야

그래도 벙어리매미처럼
엉덩이 들고 담 너머 보듯

제발 울어줄 사람 없는데도
웃음 주는 저 기다림 보제

'저라' '어라' 소를 모는
고랑 물소리만 배앓이도
꽃숭어리 꽃잠 밤 느정* 때문 아니지만

그리우면 먼저 우는 거문고야
붙들래 에미야

임 그리우면 먼저 우는 거문고

당신 걸음보다
먼저 오는 소리

떨어지는
오동잎만이 아닌

첫눈 내리는 소리
밟고 오는 달빛

소리는 어떤지고

꽃이 지면 어찌 새만 울겠소!

거문고 줄이 가슴 뜯고
먼저 우는 몸부림에

오동나무 그림자에 사무치듯
청라 치마 끄는 소리

그 사람 그리운 눈물은
어쩌지 어쩔거나!

모시 적삼 반 적삼의 노래

그녀* 옷고름 끝동 펴고
사뿐히 가리다가

들켜 버린 그해

엽월葉月 눈웃음
숨기는 거 좋아

만나 살아온
쉰하고 다섯 해 상한上澣

때 아니게 눈 내리면
나부끼는 귀밑머리에도

에라! 에라! 저 노랫가락
지금은 야멸스럽구나

이네 가슴 뭉클, 뭉클거려도
좀 그렇지만

어찌 뜨는 달에만

슬쩍 맡길 수야 있겠소

잠시만 하더니만
슈음한 당신 한 恨 줄거리

보듬고 차리리
당신 앞에 살라면

죽은 후에도 그리워하면 안 되오

그리워하면 안 되오
-B에게

오는 기척마저 먼저 알아채고
추스르는 어깨 짚어

날아오는 산굽이 물굽이

빛살 내리는 골짜기
메아리도 그 버선발 두고

어디 갔겠소
그대 등걸 그리우면 먼저 우는

눈썹달로
거문고 켜는 소리

넝쿨에 걸린 늦달웃음
바둥댈수록 잎망울처럼
오죽 좋겠소

오죽 좋겠소
  —돼지들이여 없어지는 마을 돌려주시오

이상한 문명 냄새에 착란
산돼지 떼가 자기 놀이터로 착각

벌초 중에도 깔고 앉았던 신문
둘러쓰고 버꾸춤 추나니

옛날 대장간의 담금질
번뜩이는 동네 청년들 기백

숫돌에 갈던 창날 분노

몰라도 한참 몰라

실룩대는 콧구멍에
꽉 찬 살기

노려보며 어금니마저
내보이는 괴성

되돌아서는 공격 자세
허무주의 텃세에 경악했다

157

산돼지 발자국 소동을
도시마저 당하는 지금

그걸 다 모르니까 빙그레 웃제

아니라고?

몸나, 얼나, 제나, 참나
살아온 무덤도 파헤쳐 버렸소

우리 둥지 땀방울마저 빼앗아
우습게 보는 세상 너무도 몰라

그걸 다 몰라라 지금도
눈감고 지나쳐 버리다니!

뻘때추니, 각시도령, 또령각시, 돌치
무덤도 외로워하오

우세스럽다 떠꺼머리총각·처녀

부끄러버서 우짜믄 좋소

새품*만 키자란 온 동네마다 징 꽹과리
격정擊錚소리 무슨 소용

허허 참! 참으로 핫아비* 핫어미*도 소용없어

환장하겠네, 여태껏 혀 차도

미루어 오는 잎겨드랑이 잔꾀들 봐라
눈 하나 깜짝 안 해

저 목새지는 달품* 보고

아직 퍼즐 아닌 자연 순리라고?

퍼즐 아닌 자연 순리라고?

입구계단 아직
식지 않은 흥건한 피를
나는 닦고

뒷산 솔숲에 묻어주고
온 김 시인은 산비둘기
아니라고 되씹고 있는 은유

2층 오르는 모서리
한빛문학관 유리창을
가을 하늘로 착각했을까?

불길한 몇 날을 불안해하던 중
갑자기 아내는 어느 날 오후
급체인지 세 번이나 갔다 왔다

하아, 아하 했다!
안도의 한숨 쉴 때
친절한 특수 앰블런스

도착한 창원 성산구 위치

경상대학교병원 응급실
입원한 팔십에 하나 신사생辛巳生

며칠 후 임자 퇴원하던 날
손잡고 병원 정문계단 내려서는 순간

산비둘기 한 마리
내 눈동자를 관통

아슬아슬 아스라이
거대한 창문 높이를 되 날아와

쾌청한 파란 하늘마저
산머리 짚어 줘도

우연 일치 다 못 푼
산비둘기 본성 회귀본능

아직도 날갯짓 보면 불길한 예감

불길한 예감

따끈따끈한 물이나
마시고 싶듯

헤어져도
고갯길 땀방울 이야기

우람한 산맥들
밟고 오르내리는

한가운데로 도도한
강물 굽어보는

후끈후끈한 휘파람

트레킹에 시원한 산울림은

산줄기 강줄기 빛살로 늘

시작하고 있는 착각

참수리로 날며 빙빙 돌다 뿐이겠냐

눈부신 부챗살 짝 펴며
날갯짓뿐이겠냐

눈 감아도 알겠네

자네 땀방울 말일세

산등골 타내리는 흥건한 소리

자네만 그리워하랴

아직도 건강해서 고마워

고맙다, 눈물도 고생해서

고맙다, 눈물도 고생해서

알 듯 알 듯한
어쩌면 엉엉 울고 싶은

핏방울들끼리 사는 처지가
똑 닮아서가 아니지만

철철 흘러내리는 물소리 따라
깊은 골짜기로 들어서서

손뼉 치다 감당하지 못한
가시에 긁힌 날들 있었지

풀잎 나무 끼리 서로 붙들고

드난살이 흐느낌 동이 난

메아리로 얽이* 치다 어이없어

깔깔 웃어대다 시큰한 날

콧부리로부터 타 내리는

커다란 바위만 한 물방울

다잡이 폭포수도 서글퍼서
어슝그러한* 헤살 쏟아내다

사랑도 메지* 껴안고
따라 울 수밖에 끝갈망*아

고맙다 고빗사위* 실컷 토하고 보니

꽃물*도 후련해서 고맙다

고맙다 허벙다리* 건너는 꽃비야

허벙다리 건너는 꽃비야

내려앉는 다음에 마주하는 헤어짐이

홀로 우는 이유가 아님을 보여주는

갑자기 귀썰미 주워본 길섶에서
만나는 겨울 깃털 껴안는 가벼움

여태껏 기다림에 밟혀온 꽁무니바람

바람일기장에 못 쓴 굴포* 심정

부연 끝 슬픔보다 더 아름다운 가을 나무이파리

명지 바람꽃 알았을까?

버릴 줄 알면서 머뭇거려온 그 뭔가를
앙금못*으로도 내리지 못한 두레박줄

길이만큼이나 성근 틈새

두고 더 가벼움마저 가리지 못해도

꽉 손잡아라, 그간 나들이 길들여온

빛과 그림자여

순백한 길 보여줘서 고맙다 가자

흰 구름이 우서寓居하는 여름 계곡으로

여름 계곡

너무나도 체 구멍이 얼금얼금해서

그것도 계집들 때문인지
갑자기 코방아 찧는 여름비

며칠 전부터 기어 나와 거들먹거리는

물지렁이 벙글 증이 버글버글 허물

허물 소리에 물방개 시샘도 가당찮아

웃어대네, 윗입술마저 뒤집히어지도록
솔솔 하게 도대체 어디다 문질러대는지

가지밭 쏘대다 들킨 해와 달마저
젊은 과수댁 치마 속으로 숨네

등물 치는 찬새미 속 뻐드렁 이빨
시린 물줄기 새참 수박 핥아대는 소리

새참 수박 핥아대는 소리

올래년도 그래그래
유월 하순 새벽 맛깔

아느냐?

잔판머리*에 비꽃*이 모개미* 된
어름 때 등걸잠 어긋지금하다 서리 밥 한솥

아닌 가다리이 골걷이네

멩엇* 어간에 트레방석도 없이
시겟자루* 펴니 곰창골 한줄기 산바람

벌이줄뿐이겠냐 갈라내는

햇나라 빨간 파도결 하얀 이빨에서
와와哇哇 너울치다 아싹아싹 까무러지는 맛!

어디 마수걸이 두고 훌쩍 훌쩍이겠냐

불러라, 저기 보제

호리도 봇줄도 벗어 던진 채
먼 산 끌어당기는 소 눈깔 봐라

새카만 눈쟁이 홀태질 하듯
개신개신 작달비 바가지 두드리듯

소리마저도 당기고 보는 벌써 한해
'(…) 바람도 향기*롭다'는 술

스물일곱 해만 살던
당나라 이하李賀 〈將進酒〉 아니라도

카 하! 입가심 새참 술 한잔 들이키네,

벌써 나서는 게 송년주送年酒 아닌가

송년주

1.
믿은 일들은 잇새 낀 기고 말것나
기다림은 동동 발 굴리네
놓쳐버린 듯 뒤돌아보아도 뭣이 뭔가?
마들거려서 의자에 앉혀 놓고

구마니 사발에 애기 손가락으로 휘저어
마셔보니 벌써 자개미 아파 오는 서분함

······························!? ?!

분명치 않은 말들 그 헝클어진 매듭마저
풀지 못해 이즈러진 술잔 끝은 어쩔거나
벗쟁이* 그림자 서성거리네

그래도
정이 들어 반쯤 눈웃음 주는 동백꽃 입술

가살쟁이 속말 아픔 숨겨주는 여간내기
겨울을 뭐라 뭐라 해사도 그냥
무텅이 대우 털이도 무르춤 하이

171

2.
푸쟁이[*]에 손치기[*] 사래질 진일들 또
나비질 까붐질 눈시울 그 고개에 눈 감겨
오만 생각 외올베 인양 망설임 머뭇거리네

공연히 베니야 판막이 불안도
몸닦달 과분도 실수도 들춰낸 치레 소리
부글부글 속내 비설거지 헛기침하면서

⋯⋯⋯⋯⋯⋯⋯⋯⋯⋯⋯⋯⋯⋯⁈ *‼

혹시나 해서 남 따라 무싯날[*] 장 주막집에
앉다 일어설 수 없어 도로 잡은 젓가락에
곰팡이 핀 곤당 김치 안주라도 맛있어

새우젓 하나 헛짚다 참 좋아라고 거나한
막걸리 맛 해넘이 애틋해서 사로잠[*] 시장기
이바구가 소죽 끓이다 부지깽이만 태웠네

3.
그래서 지레뜸* 놓친 듯 시원섭섭했네
술시가 썰물 될 때 참새 떼 쫓듯이
제금* 내 보낼 때 주던
천둥지기 보고 삿대질했네

햇벙거지 시울 만지는 실컷 속 풀이

소주 세 병은 모자란다는 얼큰이

기차게 노래 부르는
신라의 달밤, 목포의 눈물에

헷갈린 수탉도 술꼬* 흉내 내듯

거슴츠레 눈시울로 울어, 울어

······························‰ ‰₀₀ ! !

도망치는 도도한 갈마바람*마저
다랍다*

173

낱이삭 줍던 임자마저 야문 손

손톱 밑에 꿈쟁이* 일부러 건드려서

내쫓는 발원 저만치 불붙이는 달집태우기

달아, 달아 내 님하

불러 봐도 못 삭혀온 여한 또

디딜방아만 얼씨구 추임새 넣는구나,

역시나 술 먹은 개도

너 몫이 어디 있느냐고 멍멍 멍 –

시곗바늘 별 되고 싶어
−버킷 리스트 Buket List

엄마*가 밥 짓는 곱삶이* 매나니* 강다짐*에 대궁밥 눈칫밥
도 간간이 새참 기승밥으로, 때론 소나기밥으로 앞당긴 논
밭일 몫인들 언덕밥 진밥 된밥 탄밥 거기다 삼층밥* 가리지
않던 엄마 눈웃음 먹고 자란 두성斗星이의 일곱 번째 별 요
광搖光*

머리 쓰다듬어주며 고끼리밥 뚜껑밥 삼부밥 아무거나 내밀
면 먹성 좋던 주딩이는 걸쭉했다.
산밭 뻔덕밭 긴사리밭 들논 길쭉배미 다랑논 천둥지기 샘
받이논 자갈논 사잇길을 엄마 맨발 따라 내 발자국 맞춰보
다 굴러떨어져 다쳐서 울다가 엄마 눈웃음이 좋아서 지금
도 만져 보지만 가난보다 빨리 컸다.

엄마 따라 개안에 개발 가는 날 고둥게처럼 갯바위 돌팍
구멍에 들어가 불알 차가워도, 너무나 큰 바닷새 날아다니
는 걸 보고 손짓할 때 가까이 날아와서 엎어졌다. 모래톱에
감격 눈물범벅 베고 잠든 바닷소리는 뜨뜻했다.

혈육으로 다시 깊이 새기고 다짐하는 정분에 간혹 눈 감
고 엄마 눈웃음 떠올리면
목이 메는 저 곡기穀氣, 옵쌀 생싸라기 목구멍에 마들거려

울컥울컥 도진다. 도져서 담불* 아닌 볏단만 쌓아 둔 더미 여기다 뒷목*마저 몽글리지 못한 채 앞당긴 저녁에 다 털지 못한 까끄라기가 되려 겉보리 보고 비시시 웃어댔던가.

장닭이 알고 꺼억 꺼억하며 펀덕거리는 눈알 보며 둘러앉은 한여름 밀 방석 편 밀장국 수제비 저녁은 잘 넘어갔다, 미끌미끌 호르르호르르 뒷소리가 더 잘 들렸다.

배고파질수록 아버지*는 뇌가 맑아진다고 내던진 뜬구름 말씀 따돌리고,
도르다*며 재빠른 어머니 걸음 멀리 가기까지 누나들이 쫄쫄이 붙잡고 따라 못 가게
'아느냐고? 설기 가래떡 찰시루떡 무지개떡 조차떡 홍두깨떡 개피떡 그중에서도 따신 절구떡-,' 하지만 배고픈 나는 시룻빈* 모태끝*이 혀끝을 감돌았다 더 맛있게

내 맘 짚어 열쭝이* 데리고 마당 차지하는 암수 참새떼 볼 때 아버지가 잡은 새고기 참새구이가 이빨 사이에서 재잘거리는 걸 어찌 아는지? 고구마와 총각김치 담아오는 형수
점심 순가락 눈웃음보다 사립 밖에서 기웃거리듯 도란도란 시냇물 웃음소리가 굽이쳤다 더 맛있게

지금도 진하게 불타면서 그렁그렁한 눈물처럼 엉긴 들기름으로 불 밝힌

두레상 앞 내리사랑 국물김치 시래기 국물 마시는 소리 들린다. 들으면서 바다를 건너는 열네 살에 들어간 삼촌 집에서 통영중학교 다녀도 늘 낯선 나날 참지 못한 바보, 그 집이 무서워 한두 달 안 되어 도망치듯 나왔다. 돌개바람이 불던 그 날 어끄제 같다. 너무 많이도 추스른 어린 울음이 미륵산 아래 중학교 옆이지만 그때부터 두메 언덕 아래쯤 길가 질경이처럼 자랐다.

연연 굽이굽이 기다림 쪽에 피는 꽃걸음 잊을 수 있겠나. 막내둥이 젖줄 정분 몇 달 만에 어찌 한 번 기리었던 것뿐이랴.

어느 날 화색이 만면한 54살 엄마 뜨거운 숨결이 막내아들 다 큰 줄 알고, 어린양 하고 싶은 마디마다 일러준 말씀에 뚝뚝 떨어지는 눈물방울이 미륵산 높이보다 치솟았다.

"약해지면 안 돼, 사내놈이 배고프다고─, 이 에미가 사내놈 낳은 것은 나라에 바치기 위해서고, 꿋꿋이 청직淸直 하여 사내답게 커서 어디에서고 우리나라 걱정 먼저 해야 하고, 올바르게 사는 몸가짐 가져야, 그래서 사내는 늘 외롭

다. 네가 범띠니까 사인검四寅劍 차고 잔 인정은 칼날로 끊어 별처럼 빛나야 하나니, 뜻을 펴기 위해서는 분음分陰 더 아껴야 한다. 너 맏형 잃고 북두성에 빌고 빌어 너를 낳았을 때 선몽대로 네 등짝에 북두성 점 하나가, 내 간구하던 눈물이 새카맣게 탄 거다. 이때부터 일곱 번째 푸른 별 지켜보고 살아왔다. 엄마 보고 싶으면 보름달도 좋지만, 북두칠성 향해 두 손 모아 부디 소원 빌어라. 너도 초요성招搖星이나니."

그러나 한때 세상에 풀린 채로 소스라쳐 강술과 어울리는 술꼬리*통바리*에 울컥울컥 쏟아놓던 날
어느 산골짜기 뻐꾸기처럼 간혹 나뭇가지 잡고 울컥 울컥거렸다. 온몸 흔들어 그 말씀 떠올리면 북두성 향해 합장뿐이랴. 쏟아지는 별빛 받아서 갈고 간 먹물 찍은 붓을 화선지보다 참종이에다 내갈긴 갈등에 부끄러움만 더했다.
줏대 없이 써 온 조롱박 문장을 삼가 구겨 쥐고 내던졌다. 설산雪山 넘는 철새 날갯짓뿐이랴.
피고 지는 꽃 속살 찢고 또 찢던 비와 눈바람도 기가 차서 고루하게 칩거하던 집착 모서리는 다 닳아 버렸다. 팔십하고 일곱 해 맞이하니 멀어져간 친구들마저 이젠 어디로 갔는지 먼저 돌아갔다.

엄습하는 고독에 매몰될 수 없어 내가 나에게 던진 질문 찾기 위해 우연히 무인도에 표류까지 하였을 때도 초요성은 더 황당하게만 빛났다.

굿은 날 더할수록 후미진 골짜기에는 야수들의 괴성에 길 마저 잃는 때도 더러 있었다. 엉뚱하게 미적 미적거리기도 했지만, 끝까지 버티고 굴러내리는 돌들을 피했다.

"내 맘에 무얼 담아 세상을 보고 있는지, 착한 일은 목마른 것처럼 보고, 웃기만 하면 답이 어디 있느냐고, 남이 내 얼굴에 침 뱉으면 마를 때까지 기다렸는지, 사실적이고 올바른 기록을 곡사할 때 작두에 손을 끊어야 하는 지조와 절개는 잘 간직했는지, 나의 졸시 일천삼백 시편詩篇을 써도 글은 자랑하지 말라 했거늘(…)." "야아야, 야아야" 부르는 엄중한 어머니 말씀에 고쳐 앉아 듣고 있다.

손목시계 시곗바늘 보니 내 그림자마저 보이지 않는구나.

아직 칠성판은 아니지만, 요새도 새우잠에 줄줄 양 볼의 눈물만 흐르는 것도 모르네. 눈물도 그리움이 되는 줄은 이미 알았지만.

샤브샤브 먹다 간간이 짧은 꼬리 흔들며 엄마 찾는 얌생이 새끼울음처럼 북두성 요광搖光, 시곗바늘 되기 위해 남은 절절한 이 철부지 맑은 눈물방울…

두 손 모아 움마, 엄마, 어머니! 어머님! 부르며 회심하고
있다. 누가 독송하는 부모은중경을 듣고 있다.

찾아보기

제1부

p.12 그림자 무게
* 석비레 : 푸석돌이 많이 섞인 흙./~층層/~의 황무지 등.
* 바라지 : 일을 돌보아 주는 일 또는 음식이나 옷을 대어 주는 일.

p.14 연극성 인격 장애인에게는
* 대갈마치 : 세파를 겪은 야무진 사람을 일컬음.
* 퍼벌한 : 겉모습 꾸미지않는 상태를 일컬음.
* 느린목 : 판소리 중 늘어지게 하는 목소리.
* 대처네 : 쌓아 놓은 이불 위를 덮는 보를 일컬음.
* 죽데기 : 껍데기가 그대로 붙어 있는 넓죽한 것을 말함.

p.16 타는 목구멍 알까?
* 바심 : 겉목 등 재목을 연장으로 다듬는 작업을 말함.
* 마구리 : 물건의 양쪽 끝을 일컬음.
* 도리 : 서까래를 받치기 위하여 기둥과 기둥 위에 건너지르는 나무를 일컫기도 하지만, 남이 천거한 어진 사람을 비유함.
* 미레질 : 대패를 거꾸로 쥐고 앞으로 밀어 깎는 작업.
* 모걷기 : 재목을 둥글게 깎는 작업을 일컬음.
* 부혜생아父兮生我 : 아버님 날 낳으시고 뜻.
* 자적 : 자귀로 나무를 깎는 작업을 말함.

181

p.20 성불하는 해탈

* 그레발 : 원래 치수보다여유 있게 자른부분을 지칭함.
* 설재목 : 기둥 문설주 등 세우는 재목을 말함.
* 마름질 : 재목 같은 것을 치수에 맞추어 자르는 작업.
* 놓을재목 : 집을 지을 때 가로로 놓는 도리 서까래 재목.
* 가심질 : 나무에 뚫린 구멍을 가심끌로 다듬는 작업.
* 땀질 : 뜸일이라고도 하는데, 끌이나 칼로 쓸데없는 재목 부분을 따내는 작업.
* 닦은 둥굴이 : 매끄럽게 다듬는 둥굴이를 일컬음.
* 민흘림 : 기둥의 배가 밋밋하게 하는 흘림 작업.

p.22 나뭇가지 햇살이 말하는 것도

* 호락질 : 제식구들끼리 농사짓는 것을 일컬음.
* 홀기 : 유혹하는.
* 주걱새 : 접동새.
* 호박개 : 엄장이 크고 복실실한 큰 개.
* 쌀개 : 털이 짧은 개.
* 느리 : 상대적으로 큰 짐승.
* 토록 : 작은 짐승.

p.25 꽃자리만 좁다고 하더니만

* 화라지 : ① 옆으로 길게 뻗은 나뭇가지를 땔나무로 이르는 말. ② '활대'의 잘못을 일컬음.

p.27 산기슭 안개

* 어름 : ① 두 사물의 끝이 맞닿은 자리 ② 물건과 물건의 한 가운데 ③ 구역과 구역의 경계점 ④ 시기·장소나 사건 따위의 부근을 일컬음.

* 두루바리 : 두루 돌아다닌다는 뜻.
* 버마재비 : 사마귀.
* 만사위 : 탈춤사위의 하나.

p.28 흰부엉이 셈
* 물자배기 : 밀물과 썰물이 뒤바뀌는 시간대.
* 번시 : 통영에서는 벅수를 애칭하여 번시라고 불렀는데 옛날 1950년대 성악가 고흥재(이북 출신?/통영중학교 등 교편재직 함/이 글 쓴 자의 동기생 탁관일 교장 선생의 자형/통영에서 타계) 선생님께서 이끈 '번시 합창단'이 최초였음.

p.34 또 나서는 외길
* 더늠이 : 한 대목을 절묘하게 다듬어 내는 소리 일컬음.
* 팔팔결 : 다른 정도가 엄청남.

p.36 팔팔결로는 안 되나니
* 옙들이 : 돕거나 거드는 일.
* 어렝이 : 광산에서 쓰는 삼태기를 말함.
* 마작 : 어떤 곳의 근처나 언저리를 일컬음.
* 박달나무 자루 섬 : 통영시 산양 추도楸島를 일컬음.

p.39 바람 방향 묻겠네
* 조금잠 : 조금 때에도 설치는 잠. 잠깐 잠 붙인다는 뜻인데 바닷가 어부들 말씨.

p.40 회광전에서도
* 옹두리 : 나뭇가지가 벌레에 파 먹히거나 병들어 결이 불퉁한 부분.

* 포모FOMO증후군 : Fear Of Missing Out의 준말로 나만 뒤
  처지지 않는가? 등 타자가 뛰면 함께 뛰는 것과 유사한 공포
  감을 띤 심리적인 현상.

p.41 포모증후군
* 봉 : 빼앗아 먹기 만만한 사람을 일컬음.
* 황 : 일하는 데 맞아떨어지지 않는, 짝이 맞지 않는 골패 짝
  같은 것.

p.42 말짝 황인데도
* 자이가르닉 : '미완성 효과'라고 하는, 즉 완성된 일보다 중단
  되었거나 실수한 일을 더 기억하는 현상을 뜻함인데, 러시아
  심리학자인 Bluma Zeigarnik(1901~1988)의 주장설임.
* 팬텀Phantom : ① 환영幻影, 유령. ② 환각, 착각, 망상. ③
  영상影像.

p.43 움직이는 거울
* 제임스 웹 망원경 : 2021년 12월 25일 지구에서 출발, 2023
  년 01월 L2에 안착, 지금도 궤도를 돌고 있음.

제2부

p.46 그 골짜기의 여름
* 정때 : '저녁 때'를 일컫는 사투리임.

p.58 파이phi다, 파破이다
* 가심비價心比 : 가격 대비 마음의 만족을 따지는 소비 패턴.

p.60 눈매
* 타시슴tachisme : 얼룩, 오점을 뜻함.

p.61 알 수 없는 타시슴
* 외지[奧地] : 해안이나 도시에서 멀리 떨어진 내륙의 깊숙한
  땅인 '오지'를 방언으로 '외지'라고 함.

p.65 공중에다 터치하는 먹물 보다
* 필적 : 필적匹敵 또는 필적筆跡 두 가지 뜻 함의含意함.
* 굽바자 : 작은 나뭇가지로 엮어 만든 얕은 울타리를 말함.

p.69 당기는 입술이
* 부자리 : 붙박이로 자리 잡고 있는 곳을 일컬음.
* 맞은 바래기 : 맞은편을 일컬음.

p.70 저녁이 잘 아는 부자리 힙지로
* 힙지로 : 요새 들먹거리는 을지로에 '을' 빼고 힙Hip을 넣어
  '힙한 을지로'라는 뜻의 유행어.
* 굴피 : 돈이 마른 빈 주머니를 일컬음.

p.71 낯선 발자국 사냥하다
* 굴통이 : 속이 비어 있는 겉은 멀쩡한 물건.
* 코푸렁이 : 흐리멍덩하고 어리석은 사람을 말함.
* 바사기 : 아는 것도 없고 사물에도 똑똑치 못한 사람.
* 궁도련님 : 호강하게 성장하여 세상 물정 모르는 사람.
* 쌔비 : '많이'라는 토속어.
* 줄비 : 물을 퍼붓듯 큰 비를 일컬음.
* 고라리 : 어리석고 고집 센 시골 사람.

* 보릿동 : 햇보리 먹기 전 보릿고개를 넘기는 동안.
* 무지렁이 : ① 헐었거나 무지러져서 못 쓰게 된 물건. ② 어리석고 무식한 사람을 일컬음.
* 잉니리 : 남의 환심 사려고 어벌쩡하게 서두르는 짓거리.

p.73 없다, 아직 죽비 든 딱따구리도
* 매구 : 천년 묵은 여우를 일컬음.

p.74 코카콜라 소리
* 꾸중새 : 뽀족새, 호랑새라고도 부름.

p.75 눈 내린 길은 나뭇가지에 있네
* 잘파 : MZ + α 세대 합성어임.
* 닷배 : 고깃배를 일컬음.

제3부

p.82 내 여기 사네
* 뿌다구니 : 물건이 삐죽 내민 부분.

p.85 오리무중
* 놋좆 : 풍선 시대 배질할 때 뱃전 고물(후미)에 박은 노의 구멍을 끼울 때의 쇠못을 일컬음.
* 노병아 : 노질하기 쉽게 배의 노에 걸어 놓은 줄.
* 밴두리 : 배를 댈 때 부딪치지 않도록 부두벽에 매단 통나무나 고무 타이어 등.
* 버릿줄 : 배를 댈 때 떠내려가지 않도록 묶어두는 줄.

* 푸서릿길 : 거칠고 잡풀이 무성한 길을 말함.
* 따리 짓거리 : 선박의 키에서, 물속에 잠기는 아랫부분에 달린 넓적한 나무판. 또는 남의 마음을 사려고 알랑거리면서 비위를 맞추는 짓이나 말 등.

p.86 따리 짓거리
* 외대 박이 : ① 돛대가 하나뿐인 배 ② '애꾸눈이'의 잘못 ③ 배추나 무의 한 포기로 한 뭇을 이룬 것.

p.89 농간하는 바닷말
* 목 주머니 : 물건 따위를 짓뭉개거나 쓰지 못하게 만들어 버리는 것을 일컬음.
* 삼천진三千鎭 종현산 : 통영시 산양읍 영운리에 있었던 삼천진과 종현산을 일컬음.

p.93 웃음도 날아보지만
* 비상도 : 통영 욕지도와 한산도의 바다 밑에 있는 무인도.
* 소두방여 : 욕지도나 곤리도의 바다 밑에 있는 무인도.
* 어리마리 : 설깨거나 설자다 일어나 정신이 흐릿한 모양.

p.96 우주 눈병
* 시접 : 속으로 접혀 들어간 옷 솔기의 한 부분.
* 빔실 : 유나 실의 꼬임.
* 만수받이 : 여기서는 아주 귀찮게 구는 말이나 행동을 싫증내지 않고 잘 받아 주는 일(무당이 굿할 때 한 사람이 소리하면 다른 사람이 소리를 받는 일이 아님).
* 날 : 옷감에서 세로로 짜인 실.
* 바늘밥 : 더 이상 사용할 수 없는 짧은 실 동강.

* 권당질 : 옷 속이 뚫리게 꿰매야 할 것을 양쪽이 들러붙게 잘
  못 꿰맨 바느질.

p.97 파랑, 레이오 그래프
* 눈갈기 : 여기서는 쌓인 눈이, 말갈기처럼 흩날리는 눈발.
* 한음翰音 : 날지 못하는 날갯짓 소리를 함의함.
* 담 : 여기서는 머리를 빗을 때, 빗기는 머리털의 결.
* 가선 : 여기서는 쌍꺼풀진 눈시울의 주름진 금.
* 각불 : 여기서는 각살림, 즉 살림을 따로 차린 것을 말함.
* 후림불 : 불똥이 튀어 새로 번지는 불.

p.99 새벽 바다 빛깔
* 고빗사위 : 가장 긴요한 고비의 아슬아슬한 순간.
* 건지 : 건더더기를 일컬음.
* 상서리 : 또 다른 낚시터의 이름을 말함.
* 잔태기 : 통영지방 방언으로 보는 잔잔한 물고기나 값 떨어지
  는 고기를 즐겨 먹는 고기 등급을 일컬음.
* 물 거리 : 여기서는 낚시에서, 물고기가 가장 잘 낚이는 때.
* 옴니암니 : 어떤 일에 쓰이는 비용을 말함.
* 통금 : 물건을 통째로 넘겨 파는 값을 일컬음.
* 길미 : 빚돈 이자나 변리邊利를 말함.
* 물벼루 : 해변이나 강변에 치솟은 벼랑인데 벼루, 물벼루라고
  도 일컬음. 통영 사투리는 '피랑'이라고도 함.
* 펀더기 : 넓은 들.
* 바람씨 : 바람이 불어오는 모양새.

p.100 바다가 먼저 알아
* 불무지 : 화톳불인데 추위 막기 위해 한데다 장작불 피우는 불.

* 툽툽한 : 실속이 있다는 말.
* 자릿그물 : 정치망定置網을 일컬음.
* 방그물 : 물을 세게 두드려 물고기를 방 안으로 몰이하여 잡
  는 그물.
* 코숭이 : 산줄기 끝을 일컬음.
* 벼리 : ㉮ 그물 위쪽 코를 꿰어 잡아당ㅇ기게 만든 줄을 말
  함. ㉯ 일이나 글의 뼈대가 되는 줄거리.
* 반두 : 두 끝에 막대기를 대어 두 사람이 맞잡고 고기를 몰
  아 잡는 그물을 일컬음.
* 굴피 : 돈이 마른 빈 주머니를 일컬음.

p.103 그물코야
* 헛코 : 바람도 자는 체하면서 일부러 코 고는 소리.

p.106 바람 섬 날씨
* 아리새 : 여기서는 동남풍을 일컫는데 바닷가 사람들의 방언
  이다. 타지방에서는 꾀꼬리 새 또는 할미새라고도 부름.

p.107 아리새 소리
* 사축 : 품삯으로 농군에게 떼어 주는 논이나 밭.
* 끌그물 : 후릿그물 등 끌어당기어 물고기를 잡는 그물. 또는
  예망曳網이라고 함.

p.108 그 섬의 여름 바닷가
* 새호루기 : 새들의 흘레질(교미)을 말함.

제4부

p.110 푸른 별이 우주 메시지다
* 굿발 : 굿을 한 효력을 일컬음.
* 단골 판 : 여기서는, 단골이 세터를 집이 활동하는 범위.
* 심방이 : 무당과 박수를 합한 소리.
* 여원 : 무당의 별칭.
* 기대 : 여기서는 무당이 굿할 때 악기를 연주.
* 계면떡 : 무당이 굿을 마치고 구경꾼들에게 나누어 주는 떡.

p.113 내 모습 그리네
* 귀맛 : 좋게 들리는 소리나 마음에 담아지는 이야기에서 공감
  하는 맛을 일컬음.

p.114 죽음 잊을 수 없기에
* 땅보탬 : 밥숟가락 놓고 땅 밥이 된다는 말.
* 정나미 : 어떤 사물에 대한 애착을 일컬음.

p.119 방울새 둥지 속으로 눈은 내리고
* 연중 : 緣中 · 軟中 · 年中 등의 뜻을 내포함.

p.122 산 물소리 마냥
* 잎샘 : 새 이파리 나올 때 추위를 일컬음.

p.127 웬 봄날 발소리
* 추라치 : 다 큰 송사리를 말함.
* 푸새 : 여기서는 산과 들에 자라는 풀들을 일컬음.
* 느리 : 사슴 범 곰 사람처럼 큰 짐승을 말함.

p.129 건너뛰네

* 가리나무 : 땔나무로 긁어모은 솔가리를 말함.
* 곤두 : 몸을 뒤집어 재주 부리는 짓 일컬음.

p.130 다 벗어놓고

* 도섭 : 아니리 부분을 즉흥적인 영탄조로 읊는 기법을 말함.
* 솔기 : 신 같은 것에서도 만들 때 두 폭을 맞대고 꿰매는 줄이
  다.
* 들메 : 신이 안 벗겨지게 끈으로 발에다 매는 것.
* 어벅다리 : 짚으로 만든 총이 성긴 짚신.
* 들무새 : 남의 막일을 열심히 돕는다는 뜻.
* 사갈 : 여기서는 눈이나 얼음 위에서 미끄러지지 않도록 신발
  바닥에 대는 것.
* 쪽신 : 해지고 쭈글한 신.
* 깃고대 : 저고리에 붙이는 자리를 말하는데, 여기서는 산굽이
  에 겹친 산을 일컬음.

제5부

p.134 우리네 허리춤 노래

* 현재 맥락이 궁금하지만, 삼천포농악의 판굿인데 상쇠 따라
  전 대원이 "아하 아하 밝은 달아" 하면서 노래와 농악춤이 어
  울린다.
* 계족산 : 현재 통영시 광도면 천개산 줄기에 있는 산으로 그
  곳에 가면 계족수 마실 수 있음.
* 무지기 : 무지개의 사투리인데 통영시 광도면 우동리 수직마
  을 옛 이름은 '무지기 마을'임.

p.138 질그릇
* 더늠이 : 한 대목을 절묘하게 다듬어 놓는 소리를 말함.

p.139 사투리
* 돌단춤 : 빙빙 돌면서 추는 춤인데, 水營野遊의 첫째 마낭에 나오는 춤 하나임.

p.141 복쿠리 에미 노래
* 고래실 : 바닥이 깊고 물길이 좋은 기름진 논을 일컬음.
* 고논 : 봇도랑에서 맨 먼저 물이 들어오는 물꼬가 있어 물끈 좋은 논을 일컬음.
* 돌무새 : 뒷바라지에 쓰는 물건.
* 무넘기 : 물이 저절로 다음 논으로 흘러 넘도록 논두렁을 낮춘 곳을 일컬음.
* 엇답 : 물이 쉽게 빠져 잘 마르는 논.
* 건살포 : 일은 하지 않으면서 건으로 살포만 짚고 다니는 사람을 말함.
* 바래기 : 소매 밑 불룩하게 된 부분을 일컬음.
* 쳇불 : 처음 찧은 가루를 거르는 그물.
* 둥당기타령 : 작대기 타령, 등짐노래 지게 목발 노래 등을 일컬음.
* 돔바 : 누구나 알 수 있게 훔쳐 오는 것을 일컬음.
* 뜰모리 : 논 일 끝나고 논두렁으로 올라갈 때 부르는 노래.
* 채 그릇 : 싸릿개비나 대 조각 등 채로 만든 그릇임.

p.150 얼그미, 얼금네야
* 금실(또는 금슬) : 원앙새처럼 부부간 애정을 말함.
* 금슬琴瑟 : 여기 금슬은 비파와 거문고를 어울러 말함.

192

p.151 붙들래 에미야
* 밤 느정 : 밤나무의 꽃. 밤꽃

p.154 모시 적삼 반 적삼의 노래
* 김둘임(金乭任, 辛巳生, 84세로서 2024년 3월 현재 민요 〈모시 적삼 노래〉 구송口誦자임).☛ "저기 가는 저 처녀/모시 적삼 반 적삼 안에/분통 같은 저 젖 봐라/만져보면 뽬맞을 거/쳐다보면 욕 들을 거/되고 지야 되고 지야/모시적삼 반 적삼 안에/안섶이나 되고 지야/(후렴) 얼씨구 좋다/절씨구 좋다 아니 놀고는 못하리라."

p.157 오죽 좋겠소
* 새품 : 억새꽃을 일컬음.
* 핫아비 : 아내가 있는 남자.
* 핫어미 : 남자가 있는 여자.
* 달품 : 달풀의 꽃을 일컬음.

p.164 고맙다, 눈물도 고생해서
* 얽이 : 순서나 배치를 잡아보는 것.
* 어슝그러한 : 일이 돼가는 형편을 매개라 하는데, 매개가 제법 좋은 것을 일컬음.
* 메지 : 일의 한 가지가 끝나는 단락을 지칭.
* 끝갈망 : 일의 뒤끝을 수습하는 일.
* 고빗사위 : 가장 긴요한 고비의 아슬아슬한 순간.
* 꽃물 : 어떤 일하는데, 결정적인 중요한 상황을 일컬음.
* 허벙다리 : 움푹 패인 땅, 즉 함정을 일컬음.

p.166 허벙다리 건너는 꽃비야

* 굴포 : 밀물이 들어왔다가 고인 웅덩이를 말함.
* 앙금못 : 흙탕물이나 모래를 가라앉혀 물을 정화하는 못.

p.169 새참 수박 핡아대는 소리
* 잔판머리 : 작업을 마칠 무렵을 말함.
* 비꽃 : 빗방울이 몇 방울씩 떨어지는 것을 일컬음.
* 모개미 : 곡식의 이삭이 달린 부분을 일컬음.
* 멩엇 : 땅과 땅이 경계를 뜻함.
* 시겟자루 : 곡식을 담는 자루를 일컬음.
* '(…) 바람도 향기롭다'는 당나라 시인 이하李賀 〈將進酒〉에
  나오는 시구임.

p.171 송년주
* 벗쟁이 : 무슨 일이든 익숙하지 못해 서툰 사람을 일컬음.
* 푸쟁이 : 모시옷이나 베옷을 빨아 풀을 먹여(푸새하여) 밟거나
  홍두깨에 감아 손질을 한 뒤 다리미로 다리는 일.
* 손치기 : 마련한 옷감을 두 사람이 맞잡고 차곡차곡 겹쳐 접
  는 일을 말함.
* 무싯날 : 장날이 서지 않는 날을 일컬음.
* 사로잠 : 개잠처럼 선잠을 말함.
* 지레뜸 : 뜸 들기 전에 밥을 푸는 일
* 제금 : 여기서는 각살림, 즉 분가分家를 일컫는 방언.
* 술꼬 : 술 마시는 목
* 갈마바람 : 남서풍을 일컫는데 '늦갈'이라고도 함.
* 다랍다 : 때나 찌꺼기 따위가 끼어 깨끗하지 못하다는 뜻과 몹
  시 인색하다는 뜻.
* 꿈쟁이 : 가슴으로 희망 부풀리는 사람을 말함.

p.175 시곗바늘 별 되고 싶어

* 엄마 : 임성례(林聖禮, 羅州 임씨 丁坐 公派, 음력 1897. 5. 09
  ~2000. 11. 08. 어머니의 친정아버지는 蛇梁鎭將〈萬戶〉 벼슬)
* 곱삶이 : 두 번 삶는 꽁보리밥
* 매나니 : 반찬 없이 먹는 밥
* 강다짐 : 국이나 물 없이 먹는 밥
* 삼층밥 : 밥 질게 먹는 밥
* 요광搖光 : 북두칠성 일곱별 중 끝별인데 시 간 단위로 일컫
  는 별
* 담불 : 여기서는 높이 쌓은 곡식 무더기
* 뒷목 : 여기서는 마당에 흩어진 찌스러기 곡식
* 아버지 : 차종건(車鍾建, 延安 차씨 37세요, 中始祖: 剛列公派
  17세, 음력 1896. 04. 13~1978. 02. 22), 서당 수료.
* 도르다 : 여기서는 몫몫을 나눠 집집마다 보내는 것.
* 시룻번 : 시루떡이나 가루음식 찔 때 그릇과 솥 사이 전을 바
  른 것.
* 모태끝 : 떡을 잘라 그릇에 담고 담을 수 없는 모서리 떡.
* 열쭝이 : 어린 새 새끼.
* 술꼬리 : 술 마시는 목을 일컬음.
* 통바리 : 부탁하다 매몰스럽게 거절당하는 뜻도 함의된 통인
  데, 바리를 일컬음.

차영한(車映翰, 호 한빛, 1938. 08. 17~)

• 경상남도통영출생/경상국립대학교 일반대학원 국어국문학과 졸업(현대문학 전공 논문합격·문학박사학위기 취득함)./ 1978년 10월, 월간 《시문학》 통권86호에 〈시골햇살〉Ⅰ·Ⅱ·Ⅲ 3편과 1979년 07월, 같은 문예지 통권96호에 〈어머님〉, 〈한려수도〉 2편 등 모두 시작품 5편이 추천 완료등단 하는 한편 《시문학》 통권484호에 공모하는 평론부문에 〈청마시의 심리적 메커니즘 분석-문제시 首·北斗星·前夜 중심으로〉 우수작품상 당선, 시와 문학평론 활동을 겸함./ 단행본 시집은 〈시골햇살〉, 《섬》, 《살 속에 박힌 가시들》, 《캐주얼 빗방울》, 《바람과 빛이 만나는 해변》, 《무인도에서 오는 편지》, 《새소리 받아 일기도 쓰고》, 《산은 생각 끝에 새를 날리고》, 《꽃은 지기 위해 아름답다》, 《물음표에 걸려있는 해와 달》, 《거울뉴런》, 《황천항해》, 《바다에 쓰는 시》, 《바다리듬과 패턴》, 《제자리에는 나무가 있다》, 《랄랑그에 질문》, 《우주 메시지》, 《낯선 발자국 사냥하다》 등 18권 출간과 앤솔러지 시집 108권 이상./ 비평집은 《초현실주의 시와 시론》, 《니힐리즘 너머 생명시의 미학》, 《상상력의 프랙탈 층위 담론》, 《문학작품의 심리적 메커니즘 분석》 등 4권 출간함./ 차영한 수상록(에세이) 《생명의 선율 그 그리운 날들》 출간함./ 문학상수상: 제24회 시문학상 본상 수상. 제2회 경남문학 작품집 우수상 수상. 제13회 경남문학상 본상 수상. 제15회 청마문학상 본상 수상. 제6회 경남시문학상 본상 수상. 제1회 통영지역문학상 수상/ 제3회 송천 통영예술인상 본상 수상. 제54회 경상남도문화상(문학). 제17회 통영시문화상 수상. 제8회 한국서정시문학상 공모에 당선 수상. 제5회 경남PEN 문학상 당선 수상 등.

차영한 제18시집

낯선 발자국 사냥하다

인쇄 2024년 4월 20일
발행 2024년 4월 30일

저자著者 차영한
펴낸이 이노나
펴낸곳 인문엠앤비
주소 서울특별시 종로구 북촌로4길 19, 404호(계동, 신영빌딩)
전화 010-8208-6513
이메일 inmoonmnb@hanmail.net
출판등록 제2020-000076호

이 책은 경남문화예술진흥원의 지역문화예술육성지원사업에서 제작비 일부를 지원받아 만들어졌습니다.

ISBN 979-11-91478-32-7 03810
값 15,000원